辛弃疾诗词中的历史典故

赵怀宝　张希乐　张雅歌　编

山东教育出版社
·济南·

图书在版编目（CIP）数据

辛弃疾诗词中的历史典故 / 赵怀宝　张希乐　张雅歌编. -- 济南 : 山东教育出版社，2025. 5. -- ISBN 978-7-5701-3293-5

Ⅰ. I222

中国国家版本馆 CIP 数据核字第 2024SL9403 号

辛弃疾诗词中的历史典故

赵怀宝　张希乐　张雅歌 / 编

主管单位：山东出版传媒股份有限公司

出版发行：山东教育出版社

地址：济南市市中区二环南路 2066 号 4 区 1 号　　邮编：250003

电话：（0531）82092660　　网址：www.sjs.com.cn

印　　刷：济南鲁艺彩印有限公司

版　　次：2025 年 5 月第 1 版

印　　次：2025 年 5 月第 1 次印刷

开　　本：710 毫米 × 1000 毫米　1/16

印　　张：10.75

字　　数：130 千

定　　价：48.00 元

（如印装质量有问题，请与印刷厂联系调换）印厂电话：0531-88665353

编委会

序

济南，地理位置得天独厚，南依泰山，北临黄河，扼南北交通之要道；历史文化悠久深厚，物华天宝，人杰地灵，素有“齐鲁首邑”之美称。自西汉景帝四年（前 153）建县，至今已有 2100 多年历史。李白、杜甫、欧阳修、苏轼、曾巩、苏辙、赵孟頫、蒲松龄等无数文人墨客慕名而来，驻足于此，咏歌于此。与之辉映，济南自古名士众多，汉武帝时请缨报国的终军，大唐开国名将秦琼，两宋之际的婉约派词人李清照以及元代张养浩，明代边贡、李攀龙等众多历史名人，都是济南人民永远的骄傲和自豪，而在这些名士先贤中首屈一指的当数南宋豪放派词人辛弃疾。

辛弃疾（1140–1207），原字坦夫，后改字幼安，号稼轩，南宋将领、豪放派词人，有“词中之龙”之称。与苏轼合称“苏辛”，与李清照并称“济南二安”。

宋高宗绍兴十年（1140）五月十一日，辛弃疾生于山东济南府历城县（今山东省济南市高新区）。辛弃疾早年丧父，由祖父辛赞抚养长大。在祖父辛赞的教导之下，辛弃疾从小就喜欢练习武艺，并阅读了大量古书典籍。祖父去世后，21 岁那年，他率领 2000 多人起义抗金，参加了由耿京领导的北方忠义军，并担任节度掌书记。后来，耿京被忠义军内部叛徒张安国杀害，辛弃疾集结 50 多名义士突袭金人营帐，在金人猝不及防的情况下，生擒叛徒张安国，并策动上万士兵一起投奔南宋。这段戎马生涯，为他后来的文学创作打下了深厚的基础。

辛弃疾归附南宋后，随之踏上了仕途。他辗转于江淮两湖一带任地方官，开始他的游宦生涯。由签判到知州，由提点刑狱到安抚使，虽然宦迹无常，但政绩卓著。他出任滁州知州仅半年，当地的荒陋之气就一扫而空。他在湖南创建飞虎军，军威雄震一方，为江上诸军之冠。他每得到一次为朝廷效力的机会，都特别珍惜，并全力以赴地去完成。

游宦时期的辛弃疾曾多次上疏朝廷，提出抗金复国方略。其中，《美芹十论》《九议》是他最具代表性的著作。这些意见虽然未被当朝完全采纳，但没有影响他的精忠报国之心。由于辛弃疾的抗金主张与政府中的主和派政见不合，他屡遭排挤和打压。尽管他多次被起用和罢免，但他始终坚守抗金复国的信念不动摇。

宋宁宗嘉泰三年（1203），已经64岁的辛弃疾，被起用为知绍兴府兼浙东安抚使。辛弃疾到任后，积极整顿治安秩序，注重农业发展，鼓励农民开垦荒地、兴修水利，促进了当地经济的繁荣。辛弃疾还致力于加强军事建设，积极准备北伐。他的这些努力为南宋的国防安全作出了重要贡献。1204年，他调任镇江知府，继续为抗金贡献力量，但到了宋宁宗开禧元年（1205），由于朝廷内部的政治斗争和辛弃疾的坚决抗金主张，他被降职为朝散大夫。

辛弃疾做南宋官吏40余年，在断断续续被起用的20年中，出现了多达37次的频繁调动，任职时间最长的一次，也没超过一年半。虽然最后两年被召任职，但无奈其已年老多病、身体衰弱，最终在宋宁宗开禧三年（1207）九月初十病逝于铅（yán）山瓢泉（今江西铅山），享年68岁。后赠少师，谥号“忠敏”。

他文如金戈，笔扫千军，是开一代词风的伟大词人；他意气风发，高举起义大旗，抗击金人；他横刀立马，仅带寥寥数人深入敌营，生擒叛将；他生性刚烈，不与世俗污吏同流；他爱民如子，深得百姓拥护，成为戍守一方的遗世贤良；他一生以功业自夸，以气节自负，梦想笑驱锋镝，抗金复国；他胸有韬略，上马能擒贼征战，下马能风雅作词。

他的词作既有家国大爱，又有儿女情长；既有豪情万丈，又有柔肠百转；既有凌云之志，又有生活意趣。而在这些基础之上，稼轩词中还有一种特殊的表现手法——“化典缩故，约以使用”，也就是将典故聚化为几个字的词组或短语，并以排比对仗的句式将其组合起来，成为一个长句。这样的用典，结构整齐，节拍一致，兼以内容的相类或相反，能更全面深刻地反映词家的思想，增加词的艺术美。

《辛弃疾诗词中的历史典故》编委会精选五首辛弃疾用典较多的词《木兰花慢·席上送张仲固帅兴元》《满江红·送徐抚干衡仲之官三山，时马叔会侍郎帅闽》《贺新郎·同父见和，再用韵答之》《水调歌头·舟次扬州和杨济翁、周显先韵》《永遇乐·京口北固亭怀古》，一一挑选出其中所涉及的历史故事和历史人物，并配上插图，结集成读本。作为一本挖掘辛弃疾诗词中的历史典故的读本，我们力求做到资料全面翔实，语言通俗生动，图文并茂，适合不同层次的读者阅读欣赏。

作为本书的编委，我们衷心地希望这本别开生面的读本可以带给域内外广大读者朋友们诗意的滋养，加深大家对辛弃疾其人其词的理解，成为在济南文化建设的百花园中，别有特色的一朵。

目 录

木兰花慢
席上送张仲固帅兴元[①]

汉中开汉业，问此地、是耶非。想剑指三秦，君王得意，一战东归。[②]追亡事、今不见，但山川满目泪沾衣。[③]落日胡尘未断，西风塞马空肥。[④]

一编书是帝王师。[⑤]小试去征西。更草草离筵，匆匆去路，愁满旌旗。[⑥]君思我、回首处，正江涵秋影雁初飞[⑦]。安得车轮四角，不堪带减腰围。[⑧]

【背景】

宋孝宗淳熙七年（1180）秋，张坚受命由江南西路转运司判官，调任兴元府（今陕西省汉中市）知府兼利州东路安抚使。差不多同一时期，湖南安抚使辛弃疾亦受命调任隆兴府知府兼江西安抚使。这首词便是词人在送别友人张坚的筵席上创作的。友人赴任地点在汉中，词的上片即由汉中史实发端，抚今追昔，引发深沉感慨。遥想刘邦当初以汉中为根据地，并吞三秦，向东扩展，进而统一中国，开创汉朝基业，是何等气势。反观现实，中原山河沦陷，宋室偏安一隅，主战将领不受重视，反遭排挤，长使英雄泪下沾衣；金兵铁骑不断骚扰边境，宋朝军队却是战备荒废。鲜明的古今对照与敌我对比中，表达了词人对国家命运的忧虑和对英雄人物的怀念。下片写送别与思念之情。先以辅佐刘邦的张姓名相张良比拟张坚，对友人才华赞赏有加，对友人此行充满期望。同时通过对临别之际场景描写，表达自己因离别而生的愁苦和相思之情。此词虽为送别而作，却不局限于送别，而是熔咏史、怀古、讽喻、送别于一炉，内蕴丰富，情感充沛，结构精致，技巧娴熟，笔势翻飞，是一首兼有深度与广度的出色的抒情词。

【注释】

①张仲固：张坚字仲固，镇江人，绍兴二十四年(1154)进士。淳熙七年（1180）秋，受命担任知兴元府兼利州东路安抚使。兴元，秦汉以来，皆称汉中。唐德宗曾于兴元元年(784)避乱汉中，遂以其年号改名。北宋平后蜀，升为兴元府，下辖南郑等县，属利州东路。

②“汉中”五句：据《史记·高祖本纪》载，项羽自立为西楚霸王，统辖梁、楚地九郡，定都彭城；另立刘邦为汉王，统辖巴、蜀、汉中，定都南郑。又，项羽三分秦地，立秦三降将章邯、司马欣、董翳为雍王、塞王、翟王，统辖关中，以御刘邦入秦。刘邦用韩信之计，暗度陈仓，击败雍王章邯，平定雍地。不久，塞王司马欣、翟王董翳降汉，刘邦遂并三秦。

③“追亡事”二句：《史记·淮阴侯列传》记载萧何追韩信的故事，此用以比喻南宋朝廷不重用人才。山川满目泪沾衣：化用初唐诗人李峤《汾阴行》中诗句：“山川满目泪沾衣，富贵荣华能几时。不见只今汾水上，唯有年年秋雁飞。”表达了诗人目睹山河破碎时的悲痛之情。

④落日胡尘未断，西风塞马空肥：夕阳下，金兵铁骑飞驰，扬起阵阵尘埃；西风中，我军边塞战备荒废，战马长期不用而肥。形容金人侵扰不断，而南宋朝廷却无力抵御的局面。隆兴二年（1164），金兵大规模南下，迫近长江，宋廷被迫与金签订屈辱的“隆兴和约”，以换取偏安的局面。陆游作于淳熙五年（1178）的《关山月》诗写道：“和戎诏下十五年，将军不战空临边。朱门沉沉按歌舞，厩马肥死弓断弦。”

⑤一编书是帝王师：用汉张良的故事，比喻张坚有杰出的才能，堪为帝王军师。据《史记·留侯世家》记载，张良年轻时避难下邳，曾从容游于桥上，遇一老人，约张良五日后天亮时会于桥上。张良两次迟到而未果。后张良未及夜半前往，老人喜曰：“当如是。”授张良一编书，曰：“读此，则为王者师矣。”视其书，乃是《太公兵法》。后张良辅佐刘邦，运筹帷幄之中，决胜千里之外，成为汉朝开国元勋。

⑥更草草离筵，匆匆去路，愁满旌旗：王瑛《诗词曲语词例释》：“草草，匆匆，表状态的形容词，与通常表示粗率、敷衍的

含义有所不同。”愁满旌旗，戴叔伦《送耿十三湋复往辽海》：“仗剑万里去，孤城辽海东。旌旗愁落日，鼓角壮悲风。”

⑦江涵秋影雁初飞：秋天的各种景色，包括初向南飞的大雁，都倒映在明镜般的江水中。借用杜牧《九日齐山登高》诗：“江涵秋影雁初飞，与客携壶上翠微。”

⑧车轮四角：意谓车轮生出四角，停止转动，以挽留行人。表达词人对友人的不舍之情。参见陆龟蒙《古意》：“君心莫淡薄，妾意正栖托。愿得双车轮，一夜生四角。”带减腰围：衣带渐宽，腰身渐瘦，指因感伤而瘦损。参见杜甫《伤秋》诗：“懒慢头时栉，艰难带减围。”

汉中开汉业，问此地、是耶非？想剑指三秦，君王得意，一战东归。

【名词解释】

汉中：古郡名。治所在南郑（今陕西省汉中东），项羽封刘邦为汉王，定都汉中。

汉业：指刘邦建立汉朝，开创了汉王朝的帝业。

三秦：陕西关中一带，在春秋战国时为秦国发源地。公元前 207 年，秦王子婴降于刘邦，后被项羽所杀，焚秦宫室。项羽自立为西楚霸王，都彭城。背约“先入关中者王”，更立刘邦为汉王，封巴、蜀、汉中四十一县，都南郑（今陕西南郑），继而三分关中，立秦三将：章邯为雍王、董翳为翟王、司马欣为塞王。这就是“三秦”的由来。

君王：这里指汉高祖刘邦。

汉族是中华民族的主体，也是世界上人口最多的民族。“汉”民族的名称源于汉王朝，“汉”的国名来自汉中，汉中又得名于长江的支流汉水。倘若历史没有汉朝，“汉”也许就只是这一条河流的名字和周边几个以它得名的几个地方。

那么问题来了，汉朝又是如何起源的呢？汉朝又如何成为能够代表这个民族名称的朝代呢？这一切还要从刘邦据汉中，以成帝业的故事开始讲起。

鸿门宴后，项羽便领兵西进，进入咸阳，屠戮秦朝皇族并烧毁秦朝宫室，杀秦王子婴。项羽不顾楚怀王熊心“先入定关中者王之”的约定，而把熊心尊为义帝，打算和各国诸侯将相自行分封。刘邦被封为汉王，领地是巴、蜀和汉中共41个县，国都为南郑。并分封秦朝的降将章邯、司马欣、董翳为雍王、塞王、翟王，领关中地，以遏制刘邦。

项羽分封，表面上看去论功行赏，但是实际上却是对原诸侯势力进行重新组合，对服从自己的予以分封行赏，并没有考虑原诸侯在本国的实力与影响。因此从一开始就埋下了乱源。而且他又拒绝了谋士“自王关中”的建议，坚决要还乡。

而此时在巴蜀的刘邦是一个怎样的情况呢？巴蜀气候温和、物产丰富，有着仅次于关中地区的富庶，又位于汉中盆地，所以此地易守难攻。但是项羽真的这么好心吗？实际上巴蜀地区四面环山，交通不便，所谓蜀道之难，难于上青天，这里的主要缺陷就是交通，从汉中进入关中地区，要穿越平均海拔2000米的秦岭。加上项羽安排了三位秦军将领，分封在刘邦的附近，用来监视刘邦。

公元前206年4月，诸侯罢兵，各自回到自己的封国。刘邦只好忍气吞声接受封号，领兵入汉中，并烧毁栈道①，以示再也无意

① 栈道：古代在四川、陕西、甘肃、云南等省山区的悬崖峭壁上凿孔，架木桩，上面再铺上木板而成的窄路，是当时西南地区的交通要道。

东出，以麻痹项羽。若不出意外，刘邦可能这辈子就只能待在这里了。但是一个人的出现改变了中国历史的走向和格局。他就是被誉为“国士无双”的韩信。据《史记·淮阴侯列传》记载：“诸将易得耳，至如信者，国士无双。”韩信根据当时形势，为刘邦制订了还定三秦后东征夺取天下的战略计划。

计划已经制订完成，接下来就是静待机会了。在楚汉战争的初期，项羽因为过于自信而放松了对西边的防备，结果陷入了齐地的泥潭，无法自拔。这给了刘邦一个绝佳的机会。刘邦在汉二年（前205）平定了三秦之后，韩信留守北方扫平残众，修缮秦帝国时期的边关要塞，巩固北方边境严防匈奴骑兵。刘邦此时决定向东出击，与项羽争夺天下。他出关到陕，慰问当地的父老乡亲，接着迅速攻占了河内，俘虏了殷王司马卬，设立了河内郡。刘邦一路南下，渡过了平阴津，来到了洛阳，成功降伏了河南王申阳。这时候有新城三老董公告诉刘邦义帝被项羽杀害的消息。刘邦听后，痛哭流涕，为义帝发丧，举哀三日。然后他向各诸侯王发布项羽大逆不道的罪状，并发动关内兵员，收编三河将士，率领60万联军直奔楚国都彭城，号召各诸侯王率兵与自己一起讨伐项羽，为义帝报仇。从而正式拉开了楚汉战争的序幕。

在成功拿下彭城后，胜利让刘邦有些得意忘形。他整日与诸侯们喝酒庆祝，一时之间失去了理智。项羽得知这一消息后，安排好齐国，绕过刘邦的埋伏，直接去了萧县，先断刘邦粮路与后路，亲率精锐骑兵3万回击刘邦60万，刘邦一看，3万打60万，优势在我。然而，这场战争打得刘邦差点中道崩殂。刘邦在彭城之战中遭遇了重大挫败，但他并没有放弃。他迅速集结败兵，并派韩信、灌婴等人在京索之战中击败了楚军追兵，稳住了阵脚。

刘邦重整旗鼓，依托关中基地和有利地势，与项羽长期抗争。同时，他派出谋士陈平实施反间计，使项羽怀疑范增，迫使范增愤怒而归乡。此外，刘邦还派出将领韩信开辟北方战场，攻打魏国，并命令张耳与韩信一同东下井陉灭赵。

同年冬天，项羽率领大军发动反攻，围困荥阳，成功切断了刘邦的运粮商道。刘邦利用纪信装扮成自己去楚军诈降，以吸引项羽的注意力，从而为自己逃脱创造机会。项羽加紧围攻荥阳，并顺利夺取成皋。

经过短短8个月的时间，项羽为围堵刘邦而设置的关中防线、黄河南北防线，逐一被攻破。然而，楚汉战争并未就此结束。

在接下来的战争中，刘邦再次遭遇重大挫败。项羽在击败彭越后，寻汉军主力决战不成，屯兵广武（今河南荥阳北），与刘邦形成对峙。不久，韩信在潍水之战中歼灭齐楚联军，完成对楚侧翼的战略迂回，又派灌婴率军一部直奔彭城。项羽腹背受敌，兵疲粮尽，遂与汉订盟，以鸿沟为界，中分天下，东归楚，西归汉。

然而，刘邦打算率军西返之时，张良、陈平却建议撕毁鸿沟和议，趁楚军疲师东返之机自其背后发动偷袭。张、陈二人认为“汉有天下大半，而诸侯皆附之。楚兵罢食尽，此天亡楚之时也”，建议“不如因其机而遂取之”。意思就是汉王你现在有天时地利人和，为什么不乘胜追击。刘邦也觉得确实在理，于是决定全力追击楚军。经过一系列的战役和战斗，最终在垓下（今安徽灵璧南）展开了决战。刘邦吸取彭城之战的教训，命令精通兵法的韩信率军在前为先锋。刘邦和诸侯军共同进攻楚军，与项羽在垓下决战。汉军由韩信统领，共计30万，分为5个部分，孔熙为左翼，陈贺为右翼，刘邦坐镇后方，周勃、柴武等预备军在刘邦军后待命。楚军由项羽统领，共计约10万。韩信先率前中军与项羽交锋，不利，向后退却。孔熙、陈贺从左右两边纵兵攻上去，楚军不利，韩信乘势再次攻上去，大败楚军于垓下。

这时候汉军夜间高唱楚歌，楚军自项羽以下莫不以为汉已尽得楚地，乃至士气崩溃。此时项羽眼见大势已去，便乘夜率领800精锐骑兵突围南逃。天明以后，汉军得知项羽突围，于是派遣5000骑兵追击。

项羽率军且战且退，再次集合部队时仅余28骑。项羽指挥这28骑，来回冲阵，再次杀开一条血路，向南疾走，至乌江（今安徽和县东北长江边的乌江浦）边，自觉无颜见江东父老，乃令从骑皆下马，以短兵器与汉军搏杀。项羽一人力战，被十余创，最后自刎而死，时年31岁。项羽的遗体被吕马童、王翳、杨喜、杨武、吕胜5人瓜分。

随后，刘邦率军北上，招降鲁县，并以鲁公之号将项羽葬于谷城。至此，楚汉战争正式结束。

讲了这么长时间的楚汉战争，刘邦又是什么样的人呢？让我们来看看。

斩蛇起义

刘邦（前256—前195），字季，沛县丰邑中阳里（今江苏省丰县中阳里街道）人。很有意思的是，秦和汉这两个强盛王朝的君主——秦始皇嬴政和汉高祖刘邦只差了三岁。然而，当秦始皇嬴政横扫六国建立强盛的封建集权国家大秦帝国时，刘邦还只是个在乡下打架的小混混。但是，当这个小混混看到秦始皇巡行时，他想凑热闹，于是挤了进去，并且在看到秦始皇的威严时发出了“大丈夫当如是也”的感慨，意思就是大丈夫也应该像这样（出自《史记·高祖本纪》）。很巧合的是刘邦的对手项羽也发出一个感慨：“彼可取而代也。”（出自《史记·项羽本纪》）这就很有趣了，两个拥有雄才大略的人却发出了不同的感慨，这就生动地展现了两人不同的性格。项羽天生就有王者之气，而且拥有绝对的自信，秦始皇在他眼里也没什么大不了的，自己可以取而代之。刘邦呢？他毕竟比项羽年长一些，二人相差 24 岁，行为举止沉稳内敛。刘邦心里的目标已经非常明确了。

后来“陈胜吴广起义”爆发，这是中国历史上第一次农民起义。当时各路豪杰“斩木为兵，揭竿为旗，天下云集响应”（出自《过秦论》）。这里还有个很有趣的典故叫“斩蛇起义”，故事内容大概是刘邦在做沛县泗水亭亭长时负责押送一群农民去咸阳服徭役，结果途中大部分人都逃走了。刘邦认为即使到了骊山也会按罪当斩。于是刘邦带领剩下的人走到丰邑西的涸泽地带就停了下来，饮酒大醉，夜里干脆就把剩下的所有农民都放了。并且对他们说：“你们都走吧，我从此也要逃亡了。”这时有10多个农民表示愿意跟随刘邦。有一天，刘邦带醉行走在丰西泽中，让一个农民在前去探路。这个人回来说：“前面有一条大蛇挡路，我们还是回去吧”。刘邦趁着酒劲说：“大丈夫独步天下有什么害怕的！”于是走到前面拔剑将蛇斩断。蛇从正中间被分为两段。走了几里地后，刘邦因醉酒而倒下睡着了。刘邦队伍中走在后面的人来到斩蛇的地方，看见一个老妇人在路边放声痛哭。问她为什么这样伤心，说：“我儿子被人杀了，所以痛哭。”问她儿子为什么被杀，她说：“我儿子是白帝子，变成蛇横在路上，被赤帝子斩杀了，所以我很伤心。”人们以为老妇人胡说八道、散布谣言，准备打她，可这个老妇人突然不见了。后面的人赶到前面，刘邦才醒过来，人们向他报告了这一情况。刘邦觉得很高兴，心生自豪感，跟随他的人也越来越敬畏他。（出自《史记·高祖本纪》）这就是“刘邦斩蛇起义”的故事。

逐鹿中原

公元前208年，刘邦起事后率军攻破了丰邑，并令雍齿守丰邑，然而雍齿却献出了丰邑，投靠了魏国周市，刘邦大怒，回兵攻打丰邑，却久攻不下。刘邦便投靠了项梁和项羽，项梁给刘邦增兵五千，用来再攻丰邑，雍齿不敌，逃跑至魏国。同年，项梁派项羽和刘邦攻击秦军，两人攻克多座城邑，反秦形势一片大好。项梁因此有了骄傲自大之心。在拥立熊心为楚怀王后，项梁被章邯击败而丧命。刘邦和项羽得知后，无奈率军东归。公元前 207 年，楚怀王把项羽的军队收编归自己统领，而章邯在击败项梁后，便北上进攻赵国，赵国随即向楚国求救，楚怀王兵分两路攻秦，一路以宋义为主将，项羽为次将，北上救赵。另一路，以刘邦为主将，向西攻打秦国，并约定谁先入关中,谁就是关中王。同年刘邦率军攻破武关,进入关中。这时候秦王是子婴，他向刘邦投降，并奉上传国玉玺。秦国就此灭亡。刘邦进入关中后约法三章，赢得了民心。而此时项羽发生兵变，杀害宋义后，亲自领兵救赵（由此产生了著名成语“破釜沉舟”），在巨鹿之战大败秦军 40 万主力，领兵向关中而来。公元前 206 年，在“鸿门宴”上，谋士范增力劝项羽除掉刘邦，而刘邦在张良的帮助下成功逃脱。随后项羽分封十八路诸侯。刘邦被封为“汉王”，率军入蜀，而项羽自立门户称“西楚霸王”。同年刘邦拜韩信为大将军。而项羽在杀害楚怀王后，刘邦以为楚怀王报仇为理由，号召各路诸侯一起讨伐项羽。刘邦明修栈道，暗度陈仓，率军出蜀，由此著名的“楚汉战争”爆发了。公元前 205 年，刘邦趁项羽攻打齐国之际，率领诸侯联军 56 万，一举攻占了项羽的都城彭城。项羽闻讯后，急率轻骑 3 万回袭彭城。

此战，联军大败，刘邦仅率 10 骑逃脱。刘邦在公元前 204 年后站稳脚跟，逐渐形成了楚汉对峙的局面。双方以“鸿沟”为界，中分天下，“东归楚，西归汉”。公元前 202 年，刘邦和韩信率 30 万汉军与 10 万楚军在垓下（今安徽省灵璧县东南沱河北岸）展开了决战。此战，项羽大败，四面楚歌。项羽逃至乌江，最后因无颜见江东父老，于乌江自刎（出自《史记·项羽本纪》）。

开创汉朝

在结束楚汉战争后，刘邦正式称帝，定国号为“汉”，史称“西汉”。刘邦成为西汉的第一位皇帝，历史上称他为“汉高祖”。刘邦登基后册封群臣，同时建章立制，休养生息，励精图治。兵员归家，豁免徭役，重农抑商，恢复社会经济，安抚人民，稳定统治。公元前 201 年，匈奴冒顿单于率军攻打太原，并围攻了驻守在马邑（今山西省朔州市西北）的韩王信。最终韩王信投降了匈奴，并与匈奴联合南下攻打汉朝。

面对匈奴的侵略和韩信的背叛，汉高祖刘邦决定亲自率军迎击，却被匈奴冒顿单于围困“白登山”。最后刘邦采用其士陈平之计，重赂单于之妻，才得以脱身。同年，刘邦还平定韩王信的叛乱。汉十二年（前 195），“白登山之围”后宣布开放边境关市，缓和汉匈关系。同年，刘邦讨伐英布叛乱时伤重不起，制定“白马之盟”后驾崩，尊号“高皇帝”，庙号“高祖”，葬于长陵。

“追亡事”：萧何月下追韩信

【名词解释】

追亡事：秦末，楚汉相争，韩信弃楚归汉，见自己未被重用而决定离开刘邦。汉相萧何赏识韩信的才华，亲自把韩信追了回来，并劝说刘邦重用韩信，拜其为大将。

前文我们讲到，“秦失其鹿，天下共逐之”。项羽在巨鹿破釜沉舟大破秦军。灭秦以后，项羽成为主宰天下的王者，他选择裂土封王，分封天下。第一个要封的是他自己，自立为西楚霸王。而他昔日的战友、现在的劲敌刘邦被封为汉王，封地在巴蜀和汉中。为了封死刘邦出川的道路，项羽又将关中之地封给了三个秦朝降将：章邯、司马欣、董翳。

为了麻痹项羽，使其放松对自己的警惕，刘邦在奔赴汉中的路上，烧毁了沿途所经过的所有栈道。

在刘邦到达封地汉中不久，跟随他从关中来的一些将士对巴蜀不适应，每天都有人开小差逃跑，对此，刘邦心急如焚，经常寝食难安。一天，一件更让他意想不到的事情发生了，他的左膀右臂丞相萧何也跑路了。

萧何是最早追随刘邦的人，他的离开让刘邦黯然神伤，同时也百思不得其解。谁知到了第三天早上，萧何又回来了，不过这次回来，他不是一个人，跟他一起回来的还有一个叫韩信的年轻人。

萧何的归来让刘邦喜出望外，但跟萧何站在一起的韩信却让他摸不着头脑。这到底是怎么一回事呢？原来，入蜀后，韩信对自己并未获得重用而失望至极，便决定逃离汉营，萧何听到这个消息后，非常着急，没跟任何人说，就跃马去追，终于在第二天的晚上追上了韩信，这就是萧何月下追韩信的故事。那么这个被汉丞相萧何如此看重，又将其称为“国士无双”的韩信究竟是何许人也？

“兵仙”韩信：投奔汉军

韩信是淮阴（今江苏淮阴东南）人，出身贫寒，但自幼胸怀大志，喜欢研读兵法。他一度穷困潦倒，曾经连着几个月去南昌亭亭长家里吃闲饭，亭长妻子厌恶他，就提前做好早饭，端到内室吃。到了开饭时间，韩信去了，没有看到食物，很生气，以后再也不去了。

有一次韩信到城下钓鱼，一位洗涤丝绵的大娘看他饥饿，就把自己的食物分给他吃。一连吃了几十天。韩信感激大娘，说以后要报答她。大娘说：“我是可怜你，并不需要你的报答。”

淮阴一个少年屠户侮辱韩信是胆小之人，并当众说：“要是不怕死你就拿剑刺我，害怕我，就从我的胯下爬过去。”韩信打量了他许久，最后趴在地上，受了胯下之辱。很多人都笑话韩信，认为他胆小怕事。

后来韩信追随了项梁，成为其麾下的一名亲兵。项梁战败以后，韩信归附了项羽的军队，项羽让他做了执戟郎中。韩信几次向项羽献计，希望得到重用，但均未被采纳。汉王入蜀之后，韩信归顺了汉王，因为没有名气，只做了接待宾客的小官。一次，韩信因故犯法，被判斩刑。在刑场上，同伙被杀了以后，轮到韩信，他刚好看到滕公夏侯婴，于是大声呼喊："汉王想要成就天下霸业，怎么能杀壮士呢！"滕公看他谈吐不俗，仪表堂堂，就命人释放了他，通过交谈，滕公很赏识他，就把他推荐给了刘邦。刘邦没有看出他有什么超凡的才能，只封他做了治粟都尉，负责管理军粮。

登坛拜将

韩信和萧何多次交谈后，得到萧何的赏识。到达南郑时，有十几个将领逃跑了。韩信认为萧何几次向汉王推荐自己，可是自己还是没有得到重用，不如也逃跑。萧何听说韩信逃跑了，来不及向汉王报告，就急忙追赶。有人向汉王报告说萧何逃跑了，汉王大怒。几天以后，萧何回来拜见汉王，刘邦又怒又喜。萧何说明了实情，汉王大骂："十几个将领都逃跑了，你不去追，只是追韩信，我不信。"萧何说："韩信是难得一见的人才，世间没有第二个。如果大王打算长期在汉中称王，就不需要他；如果大王想成就霸业，只有韩信能与大王商议大事。"汉王本来就打算东进，于是说："因为您的缘故，我封他做将军。"萧何说："只做将军，韩信不会留下。"于是汉王打算召见韩信，封他做大将军。萧何阻止了他，说："大王素来轻慢待人，不重视礼节，现在大王就像呼喊小孩子一样任命将军，就是因为这个韩信才要离开的。大王既然要任命将军，就挑选良辰吉日，亲自斋戒，设高台广场，完备礼仪。”汉王听从了萧何的建议，拜韩信为大将军。

韩信定策

任命仪式结束后，汉王就座后向韩信询问平定天下的计策。韩信向汉王分析了项王的为人和汉军的优势，说：“项王脾气暴躁，不信任有才能的将领，只是匹夫之勇罢了。项王对待下人，温和仁慈，有人生病，他能心疼得流泪，把自己的食物分给他，可是有功之人应该得到封赏时，他能把刻好的大印放在手中磨得失去棱角也舍不得给人，这就是妇人之仁。项羽建都彭城（今江苏徐州），放弃了关中的有利地形，背弃了与义帝的约定，封自己的亲信为王，导致诸侯怨声载道。义帝被迁移，诸侯们都效仿他驱逐自己的国君，自立为王。项军所到之地，屋舍皆被毁灭破坏，民怨沸腾，百姓迫于威势，不敢不归顺。所以说项羽的优势很容易变为劣势。而大王与项羽相反，能够任用英勇善战的人，把土地分封给有功之臣，顺应将士东归的心愿。项羽分封 3 个原来秦朝的将领为王，秦地的老百姓对他们恨之入骨。而大王进入武关（今陕西省商洛市东南），秋毫无犯，废除了严酷的法令，与秦地百姓约法三章，深得百姓爱戴。按照诸侯之约，尽人皆知，大王是应该到关中做王的，可是大王却失去了应得的爵位进入了汉中，秦地百姓都很怨恨项羽。现在大王挥师东进，只要一封文书，三秦封地就会平定了。”刘邦听到这些非常高兴。后来，韩信继续向刘邦展示自己的军事才能和战略眼光。刘邦后悔没有早点任用韩信。于是听从了韩信的策略，部署各路军队。

平定魏国

汉元年（前206）八月，汉王平定了三秦。第二年，进攻函谷关（今河南灵宝东北），魏王、河南王投降，韩王、殷王也相继归附了。后来，汉王与齐王、赵王联合进攻楚军。四月，汉军兵败彭城，韩信收集四散的兵马在荥阳（今河南郑州西北）与汉王会合。楚军在京县、索亭之间被摧垮，因此始终不能西进。

汉军兵败彭城之后，塞王司马欣、翟王董翳背叛汉王投降楚国，齐国和赵国也投降了楚国。6月，魏王豹也背叛汉王，与楚军和解。汉王派郦生游说魏王豹失败了，于是8月，汉王任命韩信为左丞相，攻打魏王豹。魏王豹把主力军队部署在蒲坂，堵塞黄河渡口临晋关（在今陕西大荔东）。韩信派兵假意排列开战船，表面上看是要在临晋渡河，实际上却派军队从夏阳使用木制的盆瓮浮水渡河，偷袭安邑（今山西夏县北）。魏王豹被打得措手不及，最终被韩信抓获。韩信平定了魏地，改置为河东郡。汉王派张耳和韩信攻打赵国和代国。代国被平定，夏说被生擒。魏国和代国被攻克以后，汉王派人把韩信的精锐部队调到荥阳去抵御楚军。

井陉用兵

韩信和张耳率领几万人马，攻打井陉口，袭击赵国。赵王歇、成安君陈馀在井陉口聚集20万大军。广武君李左车向成安君献计，拦截韩信和张耳军队的粮草，拒绝出战，等他们撤退的时候断他们的后路。但是成安君刻板，不采纳广武君的计谋。韩信暗中派人打探，知道了广武君的计谋没有被采纳，非常高兴，才敢带兵进入井陉狭道，在离井陉口还有30里的地方安营扎寨。夜半时分，韩信挑选了两千名轻装骑兵，命令他们每人拿一面红旗，在山上隐蔽处暗中观察敌军，并向他们安排了任务，同时传令让副将开饭，说今天打垮赵国军队以后要会餐。大家都不信，但是都听从了他的命令。韩信对手下将领说："赵军已经占据了有利地形，他们害怕我们到了险要的地方退回去，所以只有看到我们的大旗和仪仗才会攻打我们的先头部队。"于是韩信就派出万人组成的先头部队，出井陉口，背靠河水摆开队列。赵军看后非常得意。天快亮时，韩信命令竖起大旗摆开仪仗，大吹大擂地出了井陉口，赵军开始攻打汉军，激战很久。这时候韩信、张耳假装败逃，回到河边的阵地。赵军倾巢出动，在河边阵地展开激战。汉军殊死奋战，赵军不能取胜。这时韩信提前安排好的两千骑兵趁赵军营垒空虚火速冲进赵营，拔掉了赵军的旗帜，树立起汉军的两千面旗帜。赵军此时已经进退两难，军队大乱，纷纷溃逃。赵军被击垮，大批人马被俘虏，赵王歇被生擒了。

韩信传令不能杀害广武君，活捉他的有赏。最后有人把广武君捆着带到韩信面前，韩信亲自给他松绑，请他面向东坐，自己面向西对坐，以对待老师的礼节对待他。

将士们借向韩信祝贺的机会，询问他获胜使用的是什么战术，韩信回答说："兵法上说'陷之死地而后生，置之亡地而后存'。我之前并没有训练过将士，面对'把街市上的老百姓赶去打仗'这种情形，只有把将士置于绝境，才能激发大家的斗志，使他们为保全自己而战斗。如果留下活路，大家就逃跑了，根本不能取胜。"众位将领都很钦佩他。

韩谋天下

韩信询问广武君，北攻燕国、东讨齐国，怎样才能成功。广武君本来推辞不说，但是被韩信打动，终于帮助他分析了局势，说韩信军队的优势是战功赫赫，名扬四海，劣势是百姓劳苦，士兵疲惫，不适合作战。广武君献策说："将军可以按兵不动，稳定赵国的秩序，抚恤阵亡将士的遗孤。百里之内送来的酒肉，都用来犒劳将士。然后拿出向燕国进攻的姿态，派使者前往燕国，显示自己战略上的长处，燕国不敢不服从。燕国归附以后，再派使者去齐国游说。即使齐国有机智聪明的人也无计可施了。这样的话，天下大事就可以谋划了。先虚张声势，然后再采取实际行动，本就是用兵之道，我指的就是这种情况。"韩信听从了他的计策，燕国臣服。韩信派人报告汉王，请求立张耳为赵王，镇抚赵国。汉王同意，封张耳为赵王。

楚国多次派兵攻打赵国，张耳和韩信前来救援，行军途中安定赵国城邑，支援汉王。这时，汉王被楚军围困在荥阳，从南面突围以后，到了宛县（今河南南阳）、叶县（今河南省南阳市及叶县南）一带，收服了黥布之后，到成皋（今河南荥阳境内），被楚军围困。6月才逃出成皋，滕公一路相随，渡过黄河之后，来到修武张耳军队的驻地。刘邦一到，就住进了客馆，第二天一早，以汉国使臣自称，骑马进入张耳营垒。韩信、张耳还在睡梦之中，印信和兵符就被拿走了，职务也被更换了。韩信、张耳起来后知道实情非常震惊。韩信、张耳二人统帅地位被剥夺之后，汉王派张耳驻守赵地，任命韩信为国相，让他召集赵国还没有发往荥阳的军队，攻打齐国。

妙计灭齐

韩信领兵攻齐，还没到达平原津（今山东省平原县城西南一带），就听说齐王被汉王派去的使者郦食其说服，已经归汉。韩信想要停兵，但是范阳辩士蒯通对他说：“您没有收到停兵诏书，而且郦食其是读书人，您的功劳还不如读书小子吗？”韩信听信了他的话，继续攻打齐国。齐王听从了郦食其的规劝，与郦食其开怀畅饮，解除了战备。韩信趁机直接打到了齐国国都临淄。齐王田广认为自己被郦食其欺骗了，就烹杀了他，逃到了高密（今山东高密境内）。

田广向楚国求救，项羽派龙且率兵20万援救齐国。韩信平定临淄后，追赶田广，到了高密城西。

齐王田横和龙且合力与韩信作战，大战之前有人劝说龙且不要和韩信正面交战，用智谋让他们不战而降。龙且说："对付韩信很容易，如果让他不战而降，就显不出我的功劳；打败了他，我能分到齐国一半的土地，为什么不打呢！"两军开战，隔着潍水摆开阵势。韩信命令手下连夜赶制了上万个口袋，装满沙子，把潍水上游堵住，然后带领一部分军队过河攻打龙且军队，假装失败，然后往回跑。龙且非常高兴，认为韩信是胆小之人，于是率军追赶韩信。韩信立刻下令把堵塞潍水的沙袋挖开，水淹龙且的军队。这时龙且军队中一多半士兵还没来得及过河，韩信趁机发起猛烈反击，杀了龙且。没有过河的士兵见势不好，四散溃逃，齐王田横也逃跑了。韩信追逐逃兵，在城阳（今山东菏泽东北）俘虏了全部逃兵。

册封齐王

汉四年（前203），韩信平定了整个齐国，派使者向汉王上书，说："齐国形势多变，与楚国交界，如果不设立一个暂时代理的王来镇守齐国，局势会不稳定。为了大局，请允许我代理齐王。"这时候汉王刘邦正被楚军围困在荥阳，看了书信后勃然大怒，说："我被围困在这里，每天都盼望韩信你来救我，你却想自立为王！"张良、陈平赶紧暗中"踩"汉王的脚，低声道："现在局势对我们不利，不能反对韩信称王！还不如趁机安抚他，封他为王，让他镇守齐国，避免叛乱。”汉王醒悟，故意大声骂道：“大丈夫平定诸侯，称王就做真的，何必做代理的！”于是汉王派张良去册封韩信为齐王，派他攻打楚国。

蒯通游说

龙且死后，项王害怕了，派盱眙人武涉规劝齐王韩信反汉联楚，三分天下自立为王。韩信推辞说，服侍项王时得不到重用，而汉王赐他印信，对他言听计从、亲近信任，所以背叛汉王是不道德的，即使死了也不变心。武涉走后，齐国人蒯通告诉韩信这是决定天下胜负的关键，所以以看相的名义规劝他三分天下，鼎足而立，以成就霸业。韩信仍然表示自己不能背信弃义。蒯通又讲述了常山王、成安君反目成仇的例子，文种、范蠡为越国鞠躬尽瘁也逃不过被诛杀的命运，韩信战功赫赫，举世无双，楚国和汉国都惧怕他，目前他的声名高过所有人，是很危险的。韩信说要考虑考虑。几天之后，蒯通又来劝说韩信要抓住时机不要犹豫。韩信不忍心背叛汉王，又认为自己是有功之臣，汉王不会夺去自己齐王之封，所以谢绝了蒯通。蒯通游说失败之后，装疯卖傻做了巫师。

后来，韩信率领军队与汉王在垓下（今安徽灵璧东南）会师。项羽失败以后，高祖用突然袭击的方法夺了韩信军权。汉五年（前202）正月，齐王韩信被改封为楚王，建都下邳（今江苏邳州）。

改封淮阴侯

韩信到了下邳之后，召见了当初分给他食物的漂母，赏赐她千斤黄金；赐给曾经招待过他，但有始无终的南昌亭亭长百钱；又不计前嫌，任用曾经让他忍受胯下之辱的青年做了中尉，他跟手下人说："这是位壮士。当时他侮辱我的时候我想杀了他，可是杀了他有什么用呢？所以我选择忍受了一时屈辱，成就了今天的功业。"

钟离昧是项王部下逃亡的将领，家住伊庐，与韩信交好。项王死后，他投奔了韩信。汉王听说以后，就下诏令到楚国逮捕钟离昧。韩信刚到楚国时，四处巡查都带着卫队。汉六年（前 201），有人告发韩信谋反，高祖听取陈平的意见，假意要巡视云梦泽，实则汇聚军队到陈县，要袭击韩信，韩信却不知情。高祖将要到楚国时，韩信想谋反，但是又考虑到自己没有罪，想见高祖又怕被擒。韩信于是听从了别人的建议，逼迫钟离昧自杀，提着他的头去见高祖。韩信在陈县拜见了高祖，高祖命令随从绑了韩信，押在随行的车上，以谋反的罪名给他戴上刑具。到了洛阳之后，韩信被赦免了，改封为淮阴侯。

自视甚高

韩信知道高祖忌惮自己的才能，所以经常称病不参加朝会与随行。韩信每日在家闷闷不乐，日夜怨恨，以地位等同于周勃、灌婴为耻。韩信曾经去拜访樊哙，樊哙行跪拜之礼，以臣子相称。出门之后，韩信自嘲说："我这辈子难道要和樊哙这样的人为伍吗？"史书记载汉高祖刘邦曾问："我如果做将领，能统率多少兵马？"韩信说："不能超过10万。"皇上又问："韩信你能统率多少兵马？"韩信说："越多越好。"刘邦大怒说："既然这样，为什么臣服于我呢？"韩信才觉得自己失言，赶紧请罪说："您虽不能带兵，却能驾驭将领，陛下是天选之子，不是人力所能及的。"

谋反被诛

陈豨被任命为巨鹿（今河北平乡西南）郡守后，向韩信辞行。韩信说："你统辖的区域是精兵会聚的地方，你是陛下最信任的臣子。如果有人告发你谋反，皇帝肯定不信；第二次告发，皇帝一定怀疑你；第三次告发，皇帝一定派兵围剿你。到时我可以在京城做内应，帮助你得到天下。"陈豨知道韩信是拥有雄才大略之人，对此深信不疑，采纳了韩信的意见。

汉十年（前197），陈豨反叛，刘邦亲自带兵征讨，韩信托病没有随行。韩信暗中派人对陈豨说："你只管起兵，我在暗中协助你。"韩信和家臣趁夜派人假传诏书，赦免在官府服役的罪犯和奴隶，准备发动他们诛杀吕后和太子。一切部署停当，就等待陈豨的消息。这时他的一位家臣得罪了韩信，韩信准备杀了他。这个人的弟弟就给吕后上书，告发了韩信要谋反的事情。

吕后与萧何商量对付韩信的计策，决定派人假说陈豨已经被抓获杀死，请群臣来祝贺。萧何欺骗韩信说："即使有病，也应该强打精神向大王祝贺啊！"韩信轻信了谎言，进宫后就被吕后安排好的武士们捆绑了起来，最后死在了长乐宫的钟室。韩信死前说："我后悔没有听从蒯通的计策，结果被妇女和小人所欺骗，这就是天意啊！"最后，韩信三族都被诛杀了。

一编书是帝王师

【名词解释】

帝王师：即古代君王的老师，是辅助君王的重要大臣。汉初张良于桥上遇一老父，老父给张良一编《太公兵法》，后来张良学有所成，辅佐刘邦成就帝王大业，因此成为帝王师。

谋圣张良

在刘邦称王的这一年，刘邦在洛阳举行了一场极为盛大的庆功会。那一日，刘邦和功臣们喝得酩酊大醉，庆祝他们的胜利。

刘邦看着这些和自己一起出生入死的将领们说了一段意味深长的话："夫运筹帷幄之中，决胜千里之外，吾不如子房；镇国家，抚百姓，给馈饷，不绝粮道，吾不如萧何；连百万之众，战必胜，攻必取，吾不如韩信。三者皆人杰，吾能用之，此吾所以取天下也。"这是什么意思呢？刘邦是说在帷帐中运筹划策，决胜于千里之外，我不如子房。镇守国家，安抚百姓，供给军粮，畅通粮道，我不如萧何。连兵百万，战必胜，攻必克，我不如韩信。这三个人，都是人中俊杰，我能任用他们，这是我取得天下的原因。刘邦这里提到的子房就是张良。

张良（？—前186），字子房，一说颍川城父（今河南郏县）人，另一说沛郡（今安徽亳州）人。秦末汉初杰出谋臣，西汉开国功臣，政治家，与萧何、韩信并称为“汉初三杰”。

博浪沙行刺

张良是战国末年韩国的一位贵族子弟，他可谓是“陌上人如玉，公子世无双”，世人评价他容貌俊美，颇具女性之美。他出身于一个显赫的宰相世家，祖父张开地曾在韩国担任过三朝宰相，父亲张平也继任了韩国两朝的宰相。然而，在韩国被秦国所灭之后，年轻的张良决心要替韩国报仇，于是变卖家产，到外面去，积极寻找刺客，企图行刺秦王政，为韩国报仇雪恨。

他找到一位大力士，为他定制了一把重达120斤①的大铁锤，同时密切关注秦始皇的东巡行程。依据规定，秦始皇的车辇由六匹马拉动，而其他大臣则为四匹。他们的目标就是六驾的马车。

注：秦汉时的1斤只有现在的半斤。

公元前218年，秦始皇开始东巡。张良得知其车队即将抵达阳武县，于是指挥大力士在博浪沙设伏。不久，一支庞大的车队从西方驶向博浪沙，前有鸣锣开道，后有马队清场，黑色旌旗仪仗队领路，声势浩大，官员们簇拥在车队两旁。张良与大力士确信这是秦始皇的车队。然而，所有车辇均为四驾，难以分辨哪辆是秦始皇的座驾。张良发现最中间的车辆最为豪华，最终，他们选择了最豪华的那辆车作为目标。

大力士挥起120斤的大铁锤，一下将乘车者击毙。张良躲入芦苇丛中，趁机逃离。然而，事后发现被击中的只是副车。这是怎么回事呢？原来由于秦始皇多次遇刺，已有防备，所有车辇均改为四驾，并时常更换座驾，使得他人难以判断秦始皇的真实座驾。

虽然秦始皇逃过一劫，但对此事极为震怒，下令在全国追捕刺客。然而，因无确凿线索，张良得以逍遥法外，此事最终不了了之。但博浪沙张良刺秦的故事却传颂千古。（出自《史记·留侯世家》）

黄石授书

那么“运筹帷幄之中，决胜千里之外”的张良真的这么“菜”吗？实际上那个时候的张良还没有成长起来，距离蜕变他还缺一个机会。

有一天，青年张良路过一座桥的时候，遇到一位老人，老人鞋子掉了。老人朝张良喊道：“小伙子，帮我捡一下鞋吧！”正要过桥的张良心里想：“老头子你是故意将自己的鞋坠落桥下，你以为我没看见吗？”张良刚想走，又想：“这位老人家年纪这么大了，我应该尊重他一下！”

于是，张良下桥替他把鞋拾了上来。随后，老人又跷起脚来，命张良给他穿鞋。由于张良历经世间沧桑，经历过漂泊生活的各种磨难，他学会了隐忍。面对老人的傲慢行为，他屈身跪地，谦恭地为老人穿好鞋。然而，老人并未对此表示感谢，还哈哈大笑：“孺子可教也，5 天后来这里见我吧，有大礼相送。”然后仰天大笑后离去。

张良虽然感到困惑和不满，但他并未因此失约。5 天后，鸡鸣时分，张良赶到桥上时，出乎他意料的是，老人早已提前到达，站在桥头等待他。见到张良后，老人不客气地斥责他为何迟到，并命令他 5 日后再来。张良虽然感到有些委屈，但他并未放弃，而是默默地接受了老人的要求。然而，第二次会面时，张良仍然晚了老人一步，老人又斥责了张良一番。

张良并未因此气馁。他决心第三次会面，并半夜就来到桥上等候。这一次，他成功地等到了老人的到来。他的坚持和诚意最终通过了老人的考验，老人最终将一本珍贵的兵书——《太公兵法》。老人告诉他，这本书足以让他成为王者的老师，并预言 10 年后天下将会大乱，他可以用本书来兴邦立国。

从此，张良日夜研习这本书中的智慧，深入思考天下大事。通过不断地学习和实践，张良逐渐成了一个深谙韬略、文武兼备、足智多谋的智者。他的智慧和才能为他在未来的历史舞台上发挥重要的作用奠定了坚实的基础。

学有所成后，张良开始寻找能够施展才华的机会，但他也深知单凭一己之力难以成就大事，因此在各地起义的势力中观察分析，希望找到一位明主。

最终，张良的等待和努力没有白费，他成功地找到了刘邦。

在公元前 208 年，项梁和项羽叔侄率领的军队已经发展壮大到六七万人。他们拥立了楚怀王的孙子熊心为新的王，并在薛城召集了各路义军的首领来共同商讨大事。张良一直怀有复兴韩国的梦想，趁机向项梁提出建议，希望他能在这些义军首领中找到一位贤能的韩王族成员，立为韩王，以此来增加他们的势力。

由于张良和项梁之间早有旧谊，项梁一口答应了他的请求。他们找到了韩王成，立他为韩王，并任命张良为司徒，相当于丞相的职位。这样，张良的“复韩”目标终于达成了，他的“复家”政治夙愿也得以实现。他全力支持韩王成，并带领军队收复韩国的失地，他们在颍川附近进行游击战，时而攻下几座城市，时而又被秦军夺回，但始终未能开创大的局面。

约法三章

公元前 207 年，刘邦成功攻占了颍川。随后，韩王和张良便与刘邦会合，共同商讨接下来的战略。张良的智谋和策略，无疑为刘邦的军队增添了更多的力量，他们的联合，也为未来的历史走向埋下了伏笔。在后来的战争中，刘邦对张良可谓是言听计从，最终率先进入关中。

刘邦进入咸阳后，看到眼前的一切——豪华的宫殿、美貌的宫女和珍宝异藏，刘邦也心动了，想要留居宫中。武将樊哙看到这种情形，冒着生命危险直言进谏，告诫刘邦如果这样做就如同“要做富家翁”，但刘邦并未在意。

此时，张良站出来，以平和但坚定的语气向刘邦分析利害关系。他提醒刘邦，秦王之所以失去天下，正是因为他的不义之举。如今刘邦推翻秦王，进入咸阳，如果立即沉醉于享乐，那就是“助桀为虐”，与秦王的所作所为无异。张良的话中透露出对古今成败的深刻理解，“无道暴秦”“助桀为虐”等字眼，也深深地刺痛了刘邦的内心。

刘邦听了张良的劝诫，如梦初醒。他接受了张良的建议，下令封存秦朝的宫宝、府库和财物，将军队驻扎在坝上，等待其他起义军的到来。同时，刘邦还采纳了张良的意见，召集关中各县的父老、豪杰，宣布与他们约法三章：杀人者死，伤人者及盗窃者要判罪。他还向四方通告，将废除秦法，让官吏百姓都安居乐业。

为了进一步稳定秦地民心，刘邦还派人与秦吏一起巡行各地，传达这些政策。这一举措赢得了秦地百姓的热烈拥护，他们纷纷用牛羊酒食慰劳刘邦的军队。而刘邦则命令军队不要接受，表示军中粮食充足，不愿给百姓增添负担。这样的言行让秦地百姓更加高兴，都希望刘邦能成为秦地的王。

最终，刘邦成功地避免了沉迷于享乐而失去民心的风险，为他日后建立汉朝打下了坚实的基础。

鸿门宴

公元前 206 年，项羽率领诸侯军队抵达函谷关，得知刘邦已攻下咸阳并想在此称王，大为恼怒。此时，刘邦命令守军紧闭关门，阻止项羽军队入关，双方因此产生冲突。项羽大怒，决定强攻函谷关。

在这危急时刻，项羽的叔父项伯因与张良有旧交，得知计划后，连夜前往刘邦军营告知张良，并邀他一同逃跑。张良却认为应该告知刘邦并寻求解决办法。于是，张良将项伯的消息告诉刘邦，并建议他亲自向项伯解释自己并无背叛项羽之意。刘邦采纳了张良的建议，热情款待项伯，并与他结为儿女亲家，希望通过他缓和与项羽的紧张关系。

第二天，刘邦仅带着张良、樊哙和百余名随从来到项羽的军营。他谦恭地向项羽解释自己并无称王之意，并表示愿意听从项羽的安排。项羽见刘邦如此谦恭，心中的怒火稍减，但仍未完全消除。

在宴会期间，项羽的谋士范增多次暗示项羽除掉刘邦，但项羽犹豫不决。范增只好派项庄舞剑助兴，试图趁机杀掉刘邦。然而，项伯看出破绽，拔剑对舞，保护刘邦。这便是典故“项庄舞剑志在沛公”的由来。张良见状不妙，立即出帐找樊哙前来护驾。

樊哙勇猛无比，闯入军门，怒视项羽，使项羽不禁骇然。他痛斥项羽疑心太重，为刘邦辩护。项羽被他的言辞所震慑，无言以对。此时，刘邦趁机借口如厕，与樊哙、张良商议对策。他们决定由樊哙保护刘邦脱身，张良留下来应付局面。最终，刘邦成功逃脱险境。

在这个过程中，张良的智慧和谋略起到了关键作用。他不仅在危急时刻为刘邦出谋划策，还亲自出面与项羽及其手下沟通协商，为刘邦争取到了生存的机会。同时，他也展现出了自己的勇气和决心，为刘邦的安全不惜冒险。可以说，张良是刘邦能够成功摆脱险境并最终建立汉朝的重要功臣之一。

谋定天下

在汉高祖三年冬天，楚军将汉王刘邦围困在荥阳，双方进行了持久的战斗，但未能决出胜负。楚军努力切断汉军的粮草补给和增援通道，使汉军逐渐陷入困境。面对如此危局，刘邦向群臣寻求良策。

谋士郦食其提出了一个建议，即复立六国之后，他认为这样可以赢得六国君臣、百姓的感激和归附，从而使刘邦能够南向称霸。然而，这个建议实际上是一种短视的策略，可能会带来更大的危害。

在这个关键时刻，张良外出归来，听过建议后，向刘邦提出了反对意见。他通过一系列深入的分析和比较，指出了郦食其策略的致命弱点。张良强调，古今形势已经发生了巨大的变化，不能简单地照搬古人的做法。他特别指出，封土赐爵是一种重要的奖励手段，如果随意分封六国后人，将会导致将士们离心离德，无人再愿意追随刘邦争夺天下。

张良的这番分析让刘邦如梦初醒，他大骂郦食其差点坏了大事，并立即下令销毁已经刻制完成的六国印玺。这一决策避免了可能发生的重大战略错误，为汉王朝的统一减少了麻烦和阻力。

这一事件不仅展示了张良作为一位洞察秋毫的谋略家和富有远见的政治家的才华，也提醒我们在面临重大决策时要深思熟虑，不能盲目照搬过去的经验或听信片面的建议。同时，这一事件也强调了领导者在关键时刻保持清醒头脑和做出正确决策的重要性。

当刘邦在荥阳被项羽围困时，韩信在北路战线上却取得了显著的进展。他成功地平定了魏、代、赵、燕等地，并占据了齐国的故地。韩信的势力日益壮大，项羽为了离间刘邦和韩信，使他们心生隔阂，促使韩信产生了自立为齐王的念头，韩信派人向刘邦请求封赏。刘邦在听到这个消息后，初时十分愤怒，但在陈平和张良的提醒下，他意识到韩信的重要性和自己身居险地的危险现状。因此，刘邦转变态度，顺水推舟地封韩信为齐王，并征调他的军队来对抗项羽。

这一决策看似是对韩信的妥协，但成功地解决了汉军内部的权位矛盾，为刘邦赢得了楚汉战争中的关键筹码。

随着韩信的加入，楚汉战争的形势发生了重大转折。公元前203年，汉军对楚军形成了合围之势。韩信不断袭击楚军，彭越也屡次切断楚军的粮道。在内外交困的情况下，项羽不得不送回刘邦的父亲和妻子以求和。双方以鸿沟为界，中分天下，各自罢兵归国。

然而，在这个关键时刻，张良以深邃的政治眼光看出项羽的困境，建议刘邦抓住有利时机乘胜追击。刘邦采纳了张良的意见，亲率大军追击项羽，并联合韩信、彭越等人围困项羽于垓下。经过一系列的战术布局，汉军最终打败了项羽，迫使其自刎身亡。至此，长达四年的楚汉战争以刘邦的彻底胜利而告终。刘邦正式完成了对天下的统一。

张良，自从刘邦进入关中、天下初定之后，他便以多病为由，逐渐淡出公众视野，过上了闭门不出的生活。随着刘邦皇位的稳固，张良的地位也从“帝者师”转变为“帝者宾”，他遵循着一种时进时止的处事原则，显得愈发低调和谨慎。

在汉初刘邦剪灭异姓王的残酷斗争中，张良极少参与谋划，他似乎有意回避了这些血腥的权力斗争。而在皇室的明争暗斗中，张良更是恪守“疏不间亲”的遗训，保持了一种超然的态度。他深知权力的残酷和无情，因此选择远离权力的中心，以避免卷入不必要的纷争。

然而，公元前 197 年（汉高祖十年），汉王朝上层出现了一场新的危机。刘邦有了改易太子的念头。他认为太子刘盈懦弱不像自己，而宠爱戚夫人及其子刘如意，同时察觉到吕后有异心，有代刘而王的迹象。因此，刘邦欲废太子刘盈，改立赵王如意为国储。这一决定引起了朝野大臣的强烈反对，但刘邦仍坚持己见。

在太子位行将被剥夺的紧要关头，吕后命吕释之挟持了张良，逼其献计。张良深知自己无法直接保护太子，于是他为吕后出了一个计策：让太子卑辞固请“商山四皓”出山相助。“商山四皓”是四位高龄隐士，他们节义清高，不就汉朝爵位，隐居山林。刘邦曾多次敦聘他们出山相助，但都未能成功。如果太子能够请到这四位隐士出山相助，并让他们随身相伴，那么刘邦必然会问起这四位老人的来历。一旦刘邦得知这四位老人是太子所请来的隐士，他就会意识到太子羽翼已丰，无法再动摇他的地位了。

事情果然如张良所料，刘邦在得知伴随太子的“商山四皓”就是自己数请不来的隐士后，意识到太子已经有了强大的支持力量，无法再轻易动摇他的地位。于是，刘邦放弃了改易太子的念头，从此再也没有提起过这件事。

张良的智谋再次发挥了关键作用，他巧妙地利用“商山四皓”的影响力，成功地稳固了太子的地位。他的这一举动不仅救了太子一命，也维护了汉王朝的稳定和安宁。然而，对于张良本人来说，他并没有因为这次事件而重新涉足政坛，而是继续保持着他的低调和谨慎，继续过着他的隐居生活。

在进行功勋封赏时，汉高祖刘邦赐予张良极高的荣誉，让他自选齐国 3 万户作为食邑。然而，张良却谦辞不受，只请求封赐他与刘邦初次相遇的留地（今江苏沛县）。刘邦应允了他的请求，因此张良被称为留侯。

张良在韩国灭亡、家族破败之后，曾一度沦为平民。然而，他最终却以平民的身份获得了万户封邑，位列侯爵。看到汉朝政权日益稳固，国家大事有贤能之人筹谋，他“为韩国报仇、击败强秦”的政治目标以及“封万户、位列侯”的个人愿望都得以实现，一生所追求的已基本满足。再加上他又深刻理解“鸟尽弓藏”的道理，于是张良决定请辞官职，远离人间纷扰，专心修道养生。他崇尚黄老之学，静心修炼，希望能得道成仙。

吕后感激张良的恩德，劝他不要过于苛求自己。在吕后的劝说下，张良最终接受了现实，重新回归人间生活。然而，他的内心始终向往着超脱世俗的修行生活。

公元前186年（汉高后二年），张良因病去世，被追谥为“文成侯”。他的一生充满了传奇色彩，既有政治斗争的波澜壮阔，也有个人修养的深沉内敛。他的智慧和品格为后世所敬仰，他成了历史上不可磨灭的典范。

满江红
送徐抚干衡仲之官三山，时马叔会侍郎帅闽①

绝代佳人，曾一笑、倾城倾国。休更叹、旧时清镜②，而今华发。明日伏波堂上客，老当益壮翁应说。③恨苦遭、邓禹笑人来，长寂寂。④

诗酒社，江山笔。松菊径，云烟屐。怕一觞一咏，风流弦绝。我梦横江孤鹤⑤去，觉来却与君相别。记功名、万里要吾身，佳眠食。

【背景】

此词作于淳熙十六年（1189）作者闲居带湖时。上片赞扬徐抚干老当益壮，为国出力，从过去、现在、未来三个方面着笔。下片先言徐抚干诗得江山之助，多有佳作。再说而今之官三山，恐无人畅叙幽情，弦绝无知音。“我梦”二句宕开一笔，写依依别情，言与君作别，似梦非梦。最后一句为临别赠言，劝其保重身体。

【注释】

①词题：《上饶县志·孝友传》：“徐安国字衡仲，号西窗。

绍兴壬子进士。幼育于龚氏，后事龚氏父母，养生送死，克供子职。年逾五十，为岳州学官，迁连山令。有感于正本明宗之义，言于朝，愿归徐姓，诏可，遂别为龚氏立后而身归于徐。时徐姓父母俱存，兄安仁、安蹈、弟安通皆无故。相与孝养二老，名所居之堂曰一乐堂，张南轩为之记。”三山，福州城西有闽山，东有九仙山，北有越王山，故称三山。马大同，据《严州续志》卷三及《淳熙三山志》载，字会叔，绍兴二十四年（1154）进士，淳熙十六年（1189）四月帅闽，次年三月应召还朝。

②清镜：作“青镜”。

③“明日”二句：《后汉书·马援传》：“马援字文渊，扶风茂陵人也……转游陇汉间，常谓宾客曰：‘丈夫为志，穷当益坚，老当益壮。’”

④“恨苦遭”二句：《南史·王融传》：“融躁于名利，自恃人地，三十内望为公辅。及为中书郎，尝抚案叹曰：‘为尔寂寂，邓禹笑人。’”

⑤横江孤鹤：苏轼《后赤壁赋》：“时夜将半，四顾寂寥，适有孤鹤，横江东来。”

绝代佳人，曾一笑、倾城倾国。

【名词解释】

倾城倾国：出自《汉书·孝武李夫人传》：“李延年，性知音，善歌舞，武帝爱之。尝侍上，起舞而歌曰：‘北方有佳人，绝世而独立。一顾倾人城，再顾倾人国。宁不知倾城与倾国，佳人难再得。’”

汉武帝本名刘彻（前 156—前 87），是汉高祖刘邦的第四代孙，西汉的第七位皇帝，杰出的政治家、军事家、战略家、文学家。

刘彻 16 岁即位，登基后，他做了一件前所未有的事，即为自己的王朝建立年号。所谓年号就是帝王用来标记年代的名号，汉武帝是中国历史上第一个使用年号的皇帝，而他所用的第一个年号叫作“建元”。“建元”的意思是建立一个新纪元，可见汉武帝雄心勃勃，渴望开创一番大事业。

汉武帝在位 54 年，功业甚多，其间攘夷拓土，国威远扬，东并朝鲜，南吞百越，西征大宛，北破匈奴，以其雄才大略经略四方，使西汉疆域空前，进入了大一统的全盛时期。

李延年是西汉音乐家，在汉武帝宫内当音律侍奉，谱了一首新曲，以歌舞献唱给武帝听："北方有佳人，绝世而独立，一顾倾人城，再顾倾人国。宁不知倾城与倾国，佳人难再得！""好歌！"武帝一听，心里无限向往，叹了一口气说："就是不知道世上有没有这样的佳人？"

在场的平阳公主说："李延年有个妹妹，长得貌美如花。"

武帝很好奇，于是就将李延年的妹妹召进宫里。武帝被她惊为天人的美貌所吸引，立刻封她为夫人，此后对她宠爱有加。李夫人为武帝生下一个男孩后，因体质柔弱，生了重病。武帝去看她，李夫人却蒙在被子里，拒绝见面。武帝着急地说："只要你让我见上一面，我就赏赐千金，你的兄弟都加官晋爵。"可李夫人躲在被子里一直哭，怎么也不肯露面。武帝只好悻悻离去。

李夫人的姐妹都来劝李夫人，要她脾气别那么拗，让皇上见一面又何妨。李夫人说："我当初是因为貌美才得到皇上的宠幸。所谓'色衰爱弛，爱弛恩绝'，皇上记住的是我以前的美好，如果让他看到我现在的样子，肯定不可能再像以前那样爱我。既然不爱我，哪里还能期待他往后照顾我们家的兄弟呢？"姐妹们一听，这才明白了李夫人的用意。在其死后，武帝用皇后之礼厚葬她，因顾念旧情，封她的哥哥李延年当了协律都尉，日后又重用她的另外一位哥哥李广利，封其为将军。

恨苦遭、邓禹笑人来，长寂寂。

【名词解释】

邓禹： 东汉人，曾辅佐光武帝得天下，二十四岁即封酂侯。

汉光武帝刘秀

刘秀（前15—前57），是汉高祖刘邦的第九代孙，东汉王朝的开创者，祖上可以追溯到景帝所生的刘发。

刘发这一支传到刘秀时，已经家道中落。刘秀的父亲刘钦只是个小小的南顿令，待他去世，家里就失去了唯一的政治支柱和经济来源，全家顿时陷入食不果腹、衣不御寒的困苦境地。

幸好，当时刘秀的叔父刘良家中尚有几亩薄田，还能够在这乱世之中谋求生存，刘秀与其兄长刘演从小就比较勤快懂事，刘良便顺势收养了他们。自此，刘秀变成了一名农夫。

王莽天凤年间，精通《尚书》的中大夫庐江人许子威，在长安的太学中开馆讲学。刘秀听说后，便卖了一些粮食和其他物品，与家乡志同道合之士一起凑钱买了一头驴，雇人驾着驴车来到京城长安求学。

刘秀在长安入太学求学的时间只有短短的三年，但却为他此后的人生奠定了一定的基础。长安作为当时世界上最繁华的城市之一，文化昌盛。在这里，刘秀大开眼界，结交了许多俊杰，如朱祐、严光、邓禹等人，这些人日后都成为东汉历史上举足轻重的人物。

削平群雄，中兴汉室

西汉末年，王莽篡汉后不让姓刘的人做官，刘秀一家受到很大的排挤。28岁时，刘秀和哥哥刘演一起在舂陵（今湖北枣阳市南）召集了七八千人，组成“舂陵军”，参加了绿林军。第二年，仅有八九千人的绿林军被王莽的十余万精兵包围在昆阳城内，形势十分危险。刘秀带了十几个人杀出一条血路，去寻找救兵。昆阳城外的王莽军越围越多，昼搭云梯，夜挖地道，连续攻城。昆阳城岌岌可危。在千钧一发之时，刘秀带领大批援军，亲率“敢死队”直扑王莽的大本营。转瞬之间，王莽军中多名主将被杀，城内绿林军乘势出击。内外夹击之下，王莽军大败，绿林军缴获辎重珍宝无数。这就是中国历史上著名的以少胜多的“昆阳之战”。此战摧毁了王莽军的主力，也使刘秀威名远扬。公元23年，绿林军攻取长安，王莽被杀。

绿林军立西汉宗室刘玄为帝，恢复汉的国号，建元“更始”，定都洛阳。

让刘秀万万没有想到的是，哥哥刘演因为反对刘玄当更始皇帝而被残忍杀害。刘秀悲痛欲绝，但想想自己的实力还很弱小，只能忍气吞声，亲自到刘玄面前赔罪，然后再从长计议。刘秀逐渐取得了刘玄的信任，被封为破虏将军，后又被派到河北去平乱。刘秀到河北后体恤民情、废暴刑、救灾民，受到当地百姓的热烈拥护。羽翼渐丰后，刘秀以河北为基地逐个吞灭了铜马、高湖等农民军。关中一带的人们称刘秀为“铜马帝”。公元 25 年，刘秀即皇帝位，定都洛阳，史称东汉，从此揭开了大汉王朝新的一页。

刘秀称帝时，天下还没有完全统一。为了巩固新建立的王权，刘秀首先展开了大规模的攻伐，经历了 13 年戎马生涯，才使中国从战乱中重新走向了统一。

刘秀与云台二十八将

永平三年（60），汉明帝追忆当年随父皇打下江山的功臣宿将，下令为 28 位功臣各绘像一张，悬挂于洛阳南宫云台，“云台二十八将”之名由此得名。

排在第一位的邓禹是刘秀称帝的首倡者，居军师之位，被封为高密侯，汉明帝即位后又拜为太傅，邓氏家族遂累世宠贵。当初在河北，邓禹向刘秀建议“延揽英雄”，因此刘秀选中的将才遍布各地。“云台二十八将”中除了 11 位来自南阳的将领，其余 17 人分别来自信都、巨鹿、颍川、东莱、渔阳、上谷、扶风等地。

大将军贾复被封为胶东侯，他作战勇猛，置生死于度外，在战场上受过 12 次创伤，入征以来从未打过败仗。有一次，贾复伤得很重，光武帝令他伤愈后不准再频繁出征，但每次论功时，光武帝都会说：“贾君之功，我自知之。”

吴汉曾任大司马，率军转战南北，战功赫赫，被封为广平侯，留任军职；多次立下军功的耿弇，光武帝认为他的功劳胜过当年的韩信，将其封为好畤侯；随光武帝南征北战的臧宫，因作战勇猛，被封为朗陵侯，历任太中大夫。

刘秀对功臣赐予爵位田宅，高官厚禄。但是，为了避免功臣权力过大，他采取“退功臣，进文臣”的策略，重用通儒术、信符谶，没有功臣和国戚背景的文臣。

建武二年（26）天下尚未安定，刘秀大封功臣时曾恩威并施，告诫他们切忌“放纵”。当时，离汉高祖刘邦诛杀功臣的前车之鉴不算遥远，刘秀的忠告很容易被部将接受。

建武十三年（37），刘秀大封平定西蜀的功臣，受封人数达到365人。这些沉浸在胜利喜悦中的将军们，没想到领取封赏的条件是“上将军印绶，以列侯就第，不与国政”。于是，大将军贾复等人一手交出将军兵权，一手接过侯爵印绶，按封就国。

据说，光武帝刘秀与将领们相处得特别融洽，每遇征讨大事，都会请他们入宫协商。有一次，他与众将领闲聊起来问道：“如果没有机会驰骋疆场，你们觉得自己能做什么？”邓禹回答说：“如果没有跟皇上打江山，我可能是一位五经博士。”马武回答说：“我肯定是一位抓强盗的捕头。”光武帝笑着说：“马武，你不去做强盗就已经万幸了，还能指望你抓强盗？”一时间，君臣朗声大笑。

明日伏波堂上客，老当益壮翁应说。

【名词解释】

伏波： 汉代将军名号，东汉马援曾受封为伏波将军。

马援

马援（前 14—前 49），字文渊，扶风茂陵（今陕西兴平东北）人。王莽新朝末年，天下群雄并起，马援先是依附割据陇西的隗嚣，后因钦佩光武帝刘秀的宗室气度，离开陇西投奔刘秀。在平定陇西的时候，马援“聚米为山”，用米摆成军用地形图，为光武帝讲解山川地势及进攻路线，使汉军顺利攻下陇西。

马援性格爽快，办事磊落，遇到该说的话从不掩饰回避。在军事上，光武帝对他十分倚重，几乎言听计从；在国事上，马援也经常提出一些中肯的建议。他在陇西的时候，发现币制混乱，使用起来非常不方便，就上书朝廷，建议使用过去的五铢钱。三府审议后，认为马援的建议不可行，遂将此事搁置起来。

马援回朝后听说此事，立即找回奏章，依据情理反驳上面所批的十几条质疑意见，并重新上奏，最后光武帝采纳了他的意见，天下百姓因此而受益。

建武十六年（40），素来臣服于中国的交趾郡（今越南北部）发生叛乱。交趾女子征侧因不满交趾郡太守苏定在当地的统治，愤而起兵反抗，她的妹妹征贰也加入造反队伍。姐妹二人率领叛军占领了交趾郡，九真、日南、合浦等地纷纷响应，叛军人数骤然大增，接连攻陷岭南65座城池。征侧趁机自立为“征王”，公开与东汉决裂。

建武十八年（42），马援率军深入交趾腹地，依山开道千余里，直捣叛军巢穴，斩首数千级，降者万余人，征侧、征贰两大叛军领袖落荒而逃。第二年正月，马援斩杀征侧、征贰，平定叛乱，将姐妹二人的首级快马加鞭送到洛阳。接着，他又率兵乘胜追击，直至悉数翦除二征党羽。

建武二十年（44），马援率部凯旋。一路所经之处，协助当地百姓疏浚渠道、治理城郭、教授农耕技术，大力促进岭南农业的发展。光武帝封他为新息侯，食邑三千户。

军中病逝，马革裹尸

马援从交趾归来后，还没下鞍就主动要求去平定北方的匈奴和乌桓。前来迎接的使者劝其先休息一阵，先与家人团聚。他说：

“男儿当战死疆场，马革裹尸而还，岂能朝夕守在家人身边！”众人一听，肃然起敬。

建武二十四年（48），武陵（今属湖南）发生叛乱，当地官员多次讨伐不见成效。62 岁的马援请求带病出征，光武帝因其年纪太大没有同意。马援叫人牵来战马，穿好甲胄，手拿大刀，跃身上马，慧眼如炬，仿佛在指挥千军万马。光武帝笑着说：“矍铄哉，是翁也！”遂同意他率兵远征。

马援临出发前，对一位朋友说：“我受皇上厚恩，常常担心不能为国而死，如今终于达成心愿，至死也能瞑目了！”

由于天气太热，再加上水土不服，很多士兵生病死去，马援本人也不幸染上湿病，汉军几乎丧失了战斗力。面对萎靡不振的汉军，马援不得不暂停作战，命令士兵开凿山洞，钻到里面躲避暑气，伺机再战。

中郎将耿舒因在行军路线上跟马援意见相左，心怀不满想借机报复，便通过弟弟耿拿上书朝廷，把军事失利的责任都推给马援，诬告他每到一处都要停歇，以致坐失战机，惨遭失败。

光武帝信了耿舒的话，派虎贲中郎将梁松作为“钦差大臣”，快马加鞭赶到武陵，监督马援的军队。没过多久，马援病死在军中，实现了“战死疆场，马革裹尸”的壮志。然而，原先因琐事记恨马援的梁松借故诬陷他，当马援的遗体运回京城的时候，朝廷并没有为他举行隆重的葬礼，还收回了他的新息侯印绶。

马援在交趾的时候，很喜欢吃薏米，用以“轻身省欲，以胜瘴气”，因此回洛阳的时候，特地带回一车薏米种子，众臣还以为带回来的是一车珍宝，但因忌惮光武帝对他的信任，没敢发作。等到马援死后，这些权贵纷纷上书，检举他贪污受贿，光武帝信以为真，气得大发雷霆。

就这样，马援的家人不敢将其安葬在祖坟里，悄悄在城西买了一块地草草下葬，亲朋好友谁都没敢来吊唁。后来，家人得知他的蒙冤真相，多次上书申诉，才终将马援归葬。直到建初三年（78），汉章帝才追谥马援为忠成侯。

贺新郎·同父见和，再用韵答之[1]

老大那堪说。似而今、元龙臭味，孟公瓜葛[2]。我病君来高歌饮，惊散楼头飞雪[3]。笑富贵千钧如发[4]。硬语盘空谁来听？记当时、只有西窗月[5]。重进酒，换鸣瑟[6]。

事无两样人心别[7]。问渠侬：神州毕竟，几番离合[8]？汗血盐车无人顾，千里空收骏骨[9]。正目断关河路绝[10]。我最怜君中宵舞，道“男儿到死心如铁[11]”。看试手，补天裂[12]。

【背景】

本篇与辛弃疾作《贺新郎》（把酒长亭说）为姊妹篇，作于淳熙十六年（1189）春。1188年冬，辛弃疾与陈亮（同父）有历史性的“鹅湖之会”，分别后辛弃疾作《贺新郎》（把酒长亭说）寄陈亮，陈亮则作《贺新郎》（老去凭谁说）相答。词人有感于好友的壮志豪情、云天高谊，再用前韵作此词，回赠陈亮。全篇即事叙景，融会故实，直抒胸臆，情辞慷慨，声韵悲壮。上片叙志同道合的情谊，回应陈亮词中“只使君从来与我，话头多合”。首三句以陈姓历史名人陈登、陈遵作比，赞赏陈亮的高尚志向，并表明作者与友人同气相求的深厚友谊。“我病”以下七句，回忆“鹅湖之会”彻夜长谈场景，陈亮如约而至，病中作者兴奋不已，两人高歌酣饮，鄙视富贵，纵论世事，硬语盘空，壮志凌云，可惜无人理会。惊散飞雪，极写狂放豪迈的襟怀；西窗孤月，映衬世无知音的悲凉。这些均是即事叙景范例。下片议论国事，抒发抗金复国豪情，照应陈亮词中纵论天下大事的激情。先就神州分裂现实，指斥主和派不仅无动于衷，甚至摧残排挤主战人才；继而正面赞赏陈亮闻鸡起舞、刚毅忠贞、至死不渝的爱国情怀；最终以试手补天、恢复中原的壮志豪情收束。情调铿锵，气势恢宏，声震寰宇。陈亮读辛弃疾此词，思如潮涌，不能自已，连作两首《贺新郎》酬答：一是《贺新郎·酬辛幼安再用韵见寄》：“离乱从头说。爱吾民、金缯不爱，蔓藤累葛。壮气尽消人脆好，冠盖阴山观雪。亏杀我、一星星发。涕出女吴成倒转，问鲁为齐弱何年月。丘也幸，由之瑟。斩新换出旗麾别。把当时、一椿大义，拆开收合。据地一呼吾往矣，万里摇肢动骨。这话霸、又成痴绝。天地洪炉谁扇鞴，算於中、安得长坚铁。淝水破，关东裂。”二是《贺新郎·怀辛幼安用前韵》：“话杀浑闲说。不成教、齐民也解，为伊为葛。樽酒相逢成二老，却忆去年风雪。新著了、几茎华发。百世寻人犹接踵，叹只今、两地三人月。写旧恨，向谁瑟？男儿何用伤离别？况古来、几番际会，风从云合。千里情亲长晤对，妙体本心次骨。卧百尺、高楼斗绝。天下适安耕且老，看买犁卖剑平家铁！壮士泪，肺肝裂！”纵观辛弃疾与陈亮自“鹅湖之会”之后，几番长歌相答，雄辞壮采，气吞山河，他们的故事成为中国文学史上的千古佳话。

【注释】

① 本题作“同父见和，再用前韵”。辛弃疾作《贺新郎·把酒长亭说》寄陈亮（同父），陈亮回赠以《贺新郎·寄辛幼安和见怀韵》；辛弃疾再用前韵，回复陈亮。

②“老大”三句：年华老去，没有什么可以称道；现在唯有陈亮与自己志同道合，关系密切，值得称道。那堪：同“哪堪”。犹言怎堪、不堪。元龙：陈登，字元龙，东汉末名士，忧国爱民，文武兼备，胆识过人，颇得刘备称赏。这里是以历史上陈姓爱国名士来比陈亮。臭味：原指气味，引申指气味相投的同类。《左传·襄公八年》记季武子曰：“今譬于草木，寡君在君，君之臭味也。”杜预注：“言同类也。”孟公：陈遵，字孟公，西汉杜陵人，居长安，为列侯、达官所敬重。孟公好客嗜酒，宾客满堂辄关门，取客人车辖投井中，使不得去。事见《汉书·陈遵传》。这里也是以历史上的陈姓名士来比拟注重情谊的陈亮。瓜葛：瓜、葛都是蔓生植物，比喻密不可分的关系。

③“我病”二句：词人生病期间，陈亮前来探望，两人痛饮高歌，直把楼头飞雪惊散。参见杨万里《再和罗武冈钦岩除醉长句》：“江东诗仙花下饮，小摘繁枝簪醉玉。惊飞雪片万许点，乱落酒船百余斛。”

④“笑富贵”一句：可笑世俗把富贵看得有如千钧之重，实则轻如毛发。千钧：古时以三十斤为一钧，千钧即三万斤，形容分量极重。一说，此句指富贵危险如千钧一发。参见韩愈《与孟尚书书》：“其危如一发引千钧。”

⑤“硬语”二句：词人与陈亮高亢激昂地谈话，当时无人理会，只有西窗月亮倾听。硬语盘空：见韩愈《荐士》诗“横空盘硬语，妥帖力排奡。”原是韩愈形容孟郊诗语言生硬奇崛。这里形容辛、陈两人的谈话高亢激烈。

⑥“重进酒”二句：重新斟酒劝饮，同时更换乐曲。参见韩愈《感春五首》之一：“已呼孺人戛鸣瑟，更遣稚子传清杯。”鸣瑟：即瑟。换鸣瑟，意谓更换曲子。

⑦“事无”一句：对于山河破碎的同一事实，不同的人态度各不相同。人心别：参见唐代郑谷《十日菊》诗：“自缘今日人心别，未必秋香一夜衰。”

⑧“问渠侬”二句：试问他们，神州大地到底还要经历几番分裂与统一？渠侬：吴地方言，指他人、他们。毕竟：究竟，到底。离合：指国家的分裂与统一。这里偏指离（分裂）。

⑨“汗血”二句：反用古代千里马的故事，讽喻现在的执政者埋没人才，空自标榜招揽贤才。汗血盐车：汗血，出自大宛的千里马。《汉书·武帝纪》颜师古注引应劭曰：“大宛旧有天马种，蹋石汗血，汗从前肩髆出，如血。号一日千里。”据《战国策·楚策》记载，有千里马负载盐车而上太行山，马蹄局促，膝折皮烂，白汗交流，迁延不能上。伯乐遇见，下车攀而哭之，解衣而盖之，于是千里马俯而喷，仰而鸣，声达于天。无人顾：谓今无伯乐，无人理会千里马的遭遇。“千里”一句：意思是空收千里马的骏骨，而无实际结果。收骏骨，见《战国策·燕策》郭隗所述故事：古时有君主以千金求千里马，三年不能得。有侍者愿为君主购千里马，三月得千里马，而马已死，遂以五百金买马首，回报君主。君主大怒曰：“所求者生马，安事死马而捐五百金？”侍者对曰：“死马且买之五百金，况生马乎？天下必以王为能市马，马今至矣。”于是不足一年而得三匹千里马。

⑩“正目断”一句：极目远望，通往边关的路已经断绝。关河：关山河川、关塞。参见钱起《别张起居》诗：“旧国关河绝，新秋草露深。”

⑪“我最”二句：词人最欣赏陈亮闻鸡起舞、奋不顾身、刚毅不屈的爱国情操。中宵舞：夜半起舞，用晋人祖逖闻鸡起舞事。据《晋书·祖逖传》记载，祖逖与刘琨同为司州主簿，情谊深厚，共被同寝。中夜闻荒鸡鸣，祖逖叫醒刘琨，曰：“此非恶声也。”因起舞。刘

琨与祖逖每论世事，常中宵起坐，相谓曰："若四海鼎沸，豪杰并起，吾与足下当相避于中原耳。"心如铁：谓品性刚正不阿，忠贞不渝。参见曹操《敕王必领长史令》："忠能勤事，心如铁石，国之良吏也。"孟郊《择友》诗："若是效真人，坚心如铁石。不谄亦不欺，不奢复不溺。"

⑫"看试手"二句：期盼陈亮一试身手，犹如女娲炼石补天，完成收复中原、统一神州的大业。补天裂：上古神话传说，女娲炼五色石以补苍天。《淮南子·览冥训》："往古之时，四极废，九州裂，天不兼覆，地不周载……于是女娲炼五色石以补苍天，断鳌足以立四极……"这里是以"天裂"比喻南北分裂，以"补天裂"比喻统一山河。

似而今、元龙臭味

【名词解释】

元龙臭味： 亦称“元龙豪气”。陈登，字元龙。三国时期，陈登曾在消灭吕布和开拓江淮的过程中起到重要作用。时人评价他“湖海之士，豪气不除”。臭味：指脾性。

刘备与陈登

时势造英雄，刘备是在东汉末年群雄争霸的混乱时势下造就的一个英雄。刘备于汉桓帝延熹四年（161）生于涿郡涿县（今河北涿州），是汉景帝的儿子中山靖王的后代。

刘备少年时，父亲便已不在，他是和母亲靠着编草鞋、做席子勉强度日，简单而又平凡。虽是如此，却从未浇灭胸怀天下的志气。至十五岁时，母亲让他师从当时名士卢植。

后来发生黄巾之乱，当时有中山大商人张世平和苏双来到涿郡卖马，就交友于刘备，并给予他钱财。刘备便用这些资本来招募兵士，参与平乱。在此期间，刘备结识了关羽、张飞，三人相见恨晚，关系情同手足。三人团结一心，作战英勇，建立了深厚的兄弟情谊。

后来，徐州牧陶谦年事已高，徐州又是兵家必争之地，他自己的几个儿子都不争气，没有办法继承这样大的一份家业。思来想去，陶谦做出了一个非常重大的决定——让位于刘备。起初，刘备并不想趁人之危入主徐州。但徐州的豪族名士陈登劝刘备说："今汉室陵迟，海内倾覆，立功立事，在于今日。徐州殷富，户口百万，欲屈使君抚临州事。"刘备回答："袁公路近在寿春，此君四世五公，海内所归，君可以州与之。"陈登接着说："公路骄豪，非治乱之主。今欲为使君合步骑十万，上可以匡主济民，成五霸之业，下可以割地守境，书功于竹帛。若使君不见听许，登亦未敢听使君也。"

孔子的后代、北海相孔融也在当中附和道："袁公路岂忧国忘家者邪？冢中枯骨，何足介意。今日之事，百姓与能，天与不取，悔不可追。"

记载到这里，史书用了六个字——先主遂领徐州。这便是《三国演义》中"三让徐州"故事的由来，陈登在这中间起到了至关重要的作用。

后来，刘备、许汜与刘表在一起共论天下之事。谈到陈登时，许汜质疑地说：“陈元龙乃湖海之士，骄狂之气至今犹在。”刘备虽然对陈登十分熟悉，但他没有立即反驳许汜，转而问刘表：“您觉得许君所言对不对？”刘表说：“如果说不对，但许君是个好人，不会随便发表议论的；要说对，陈元龙又盛名满天下！”

刘备问许汜：“您认为陈元龙骄狂，有什么根据吗？”许汜说：“我过去因世道动荡而路过下邳，见过陈元龙。当时他毫无客主之礼，很久也不搭理我，自顾自地上大床高卧，而让客人们坐在下床。”

刘备应声道：“您素有国士之风。现在天下大乱，帝王流离失所。元龙希望您忧国忘家，有匡扶汉室之志。可是您却向元龙提出田宅屋舍的要求，言谈也没有什么新意，这当然是元龙所讨厌的，又有什么理由要求元龙和您说话？假如当时是我，我肯定会上百尺高楼上去高卧，而让你们睡在地下，哪里只有区区上下床的区别呢？”刘表听了，放声大笑。刘备深情地说：“像元龙这样文武兼备、胆志超群的俊杰，只能在古代寻求。当今芸芸众生，恐怕很难有人望其项背了。”

汗血盐车无人顾

【名词解释】

汗血盐车：骏马拉运盐的车子，汗血即汗血马。后以之比喻人才埋没受屈。

汗血宝马

大宛国出产的“汗血马”，蹄坚体健，日行千里，颈部流出的汗中有红色物质，鲜红似血，据说是“天马”的后代。

“世间竟有这样的马？”汉武帝渴望得到这种马。太初元年，汉武帝听说大宛国把最好的马都藏在贰师城，便派专使带着千金和一匹用黄金打造的马，到贰师城去请求交换。

大宛国认为自己与汉朝之间有大沙海阻隔，往来极为不便，不肯轻易交出宝马，拒绝了汉使的要求。后来又因汉使出言伤人，大宛国的贵人便让其属国郁成国，在汉使回朝的途中把汉使杀了，夺走了交换的财物。

汉武帝知道这个消息后，非常愤怒。他听说大宛国的兵力不强，只要派出汉兵3000人就能攻下来，又想趁这个机会让李夫人的家人建立功勋，便拜李夫人的哥哥李广利为贰师将军，命令他率领属国的骑兵数万人，去攻打大宛国。由于必须越过大沙海，而沿途小国又不肯供应食物和饮用水，汉军走这一路折损无数。走到郁成国的时候，部队只剩下几千人。贰师将军对郁成国发动了攻击，却被打得很惨。贰师将军和部属商议："现在连大宛的属国郁成国都攻不下来，更何况是大宛呢？"便决定退兵。

这样一往一返花费了两年的时间。退到敦煌时，活下来的士兵不到原来的十分之二。贰师将军派人上书给汉武帝说明情况，希望先行退兵，等增援部队抵达后再进攻。汉武帝听了大为震怒，说："派人去玉门关阻拦，谁要是敢退到玉门关内，谁就准备交出脑袋！"这道命令吓得贰师将军只好停留在敦煌。

同一年的夏天，汉朝和匈奴交战，损失了2万人。许多大臣都劝武帝专心对付匈奴，暂停攻打大宛国。汉武帝说："像大宛这样的小国都攻打不下来，西域各国岂不是要笑话我大汉？别说汗血马得不到，日后汉使到西域去也会被瞧不起。"汉武帝受不了这样的耻辱，因此又花了一年多的时间做准备，把囚犯都用上了，派出6万人到敦煌去，供给10万头牛、3万多匹马、数以万计的驴骡骆驼等。除此之外，粮食、兵器和弓箭也都备齐了。

大宛首都贵山城中没有水井，都是引城外的水来饮用。汉武帝命人改变城底下的水道，让城内无水可用。接着派出 18 万甲兵防守酒泉等地，又命令犯罪的人载运粮食去补给贰师将军。转运物资的人一路连绵不绝，直到敦煌。

汉武帝的最后一个准备是，让两名懂马的人当校尉，待攻克大宛后，让他们挑选良马。贰师将军带领大军重新出发了。这次由于兵多实力强，所到的小国没有不出迎、不供粮的。到了仑头国，仑头不降，双方交战了几天，最后汉军血洗了都城。

贰师将军率领着部队一路向西，没有遇到什么阻碍，最后抵达大宛首都贵山城的汉军有 3 万多人。汉军开始对贵山城发动攻击，40 多天的围攻杀得大宛军无法招架，从外城直往中城退。大宛国的贵族慌了，在共同商议后他们杀了国王，拿着国王的脑袋向汉军求和，并允许汉军到城里任意挑选马匹。

贰师将军与大宛国立下盟约，另立新的大宛国王，罢兵而归。汉军挑选了良马数十匹，中等以下的公马和母马 3000 多匹，一起带回国去。由于路途遥远，大军进入玉门关时只剩下一万多士兵，而马只剩下 1000 多匹。汉武帝见到大宛宝马，非常高兴，便封贰师将军为海西侯，其他有功将士也都各有封赏。

汉武帝这场求取大宛宝马的行动，共花了四年的时间，花费不计其数，还为此付出了 10 万多人的性命。由此，也反映出汉武帝本人好大喜功的一面。

千里空收骏骨

【名词解释】

战国时，燕昭王要招揽贤才，郭隗对燕昭王说，古时有国王想买千里马，有人替他花了五百金买了一副死马骨，国王大怒，认为他买的是死马骨头而不是活马。那人回答说："等天下人都知道，您连死马都愿意出五百金，还用担心买不到活马吗？"果然，一年之内就有三匹千里马被人主动献上门。后来用"收骏骨"表示对人才的重视和尊重，可以吸引更多的人才。

燕昭王

燕国能够登上战国七雄的榜单，自然也不是等闲之国。历史的车轮走至燕昭王时期，燕国已经有了三十九代的历史。燕昭王是燕国历史上一位怀有雄心壮志的君主。他登上国君之位，也经历了一番波折。

燕王哙一生没有什么作为，到退位的时候却做了一件在燕国历史，乃至中国历史上都足以让人"津津乐道"

的事情，那就是学先祖尧、舜、禹，上演了一部禅让的大戏。

燕王哙昏聩无能，将君主之位让给了燕相子之。史书中关于子之的记载并不多，我们也无从查证，这个子之到底能有多大的能耐，能够得此殊荣。

战国时期，父死子继已经成为不争的传统。也许是出于对国家前途的考虑，抑或是受到奸人的挑拨，燕王哙不计后果地将王位给了子之，这必然引起自己儿子的不满，身为太子的平对父亲如此安排甚是恼火，愤怒的他领兵攻打子之，支持原燕太子平的燕将尾随其后，气势汹汹地为权力而战。

子之当然不会坐以待毙，立即整军迎战，燕国历史上一场重大的兵变不可避免地发生了，整个燕国陷入大乱之中。在战国这样的乱世之中，大的内乱是非常危险的，这句话不仅针对燕国国内，也针对燕国所处的周边形势，此时的齐国正虎视眈眈地盯着燕国伺机而动。

这一时期的齐国，联合魏国灭掉宋国，一心想要与迅速崛起的秦国分庭抗礼，而灭六国，一统天下同样也是齐国的目标，所以侵扰兼并其他诸侯国成为必然。周边各国不胜其扰，对齐国甚是反感，燕国便是其一。但是，齐国有实力却是一个不争的事实，以燕国现下之实力根本无法与齐国相抗。

燕国忍气吞声，隐忍多年，却越发助长了齐国的骄横之气。燕国内乱，齐国是分外高兴的，趁此大捞一笔的好事，齐国自然不会错过。正当太子平与子之闹得不可开交的时候，齐宣王命人攻打燕国。此时的燕国哪里还经得起外敌，不到两个月的时间，燕国的都城蓟就被攻陷，燕王哙惨遭杀害，子之更惨，竟然被剁成了肉酱，公子平不知所终。

成业易，守业难，齐国轻而易举将燕国拿下，对燕国的管理却不得其法。燕国人民起义不断，这主要源于齐国对燕国百姓的残暴，以暴制暴这种做法很容易适得其反。齐国在燕国鱼肉两年，最后在燕国人民与各诸侯国的反抗与干涉下被迫撤兵，燕国终于重获自由。

重获自由的燕国依旧面临严重的内忧外患，没有一个有才干的领导者，燕国依旧是一盘散沙。在赵武灵王的干涉下，作为质子的公子职从韩国回来了，并且登上了君主之位，成了后来的大名鼎鼎的燕昭王。

燕昭王胸有大志，又目睹了齐国对燕国的欺辱，一心想要报仇雪恨。以燕国目前的状况，想要雪洗国耻并非易事，燕昭王自然也有自知之明，让燕国强大起来不仅是当务之急，更是硬道理。

谁能与自己共谋大业？闪念间，燕昭王想到了一个人，此人乃是燕国老臣郭隗。郭隗虽年老退休却颇有见地，燕昭王于是决定找他去商讨对策。

十是燕昭王亲往拜访了郭隗，二人探讨当今形势，相谈甚是投机。最后燕昭王说明来意，道："寡人将谁朝而可？"意思是说，我将要拜访谁好呢？

郭隗没有正面回答燕昭王的话，而是以一个千金易死马的故事启发燕昭王。

古时候有位国君重金寻求千里马，却始终寻而不得，一个负责打扫宫廷的小官员自告奋勇，要去找找看。3个月后，这人真的找到了一匹千里马，可惜已经死了。却见他大手一挥："听我的，买！"用500金买下了死马头，回来复命。国君一见大怒，说："我要活的千里马，你却给我弄来个死马头，还花了500金，这不是存心戏耍我吗？"那个官员回答说："天下人见您连死的千里马也肯花高价买，那活的千里马不就更愿意送来了吗？"果然，不出一年，许多匹千里马都奉献到了国君面前。

故事讲完，郭隗接着给燕昭王一个建议："今王诚欲致士，先从隗始；隗且见事，况贤于隗者乎？岂远千里哉！"意思是说，如果真心实意要招聘天下人才，就请昭王您把我郭隗当作马头。天下人见您对我这样的人也肯委以重任，那比我有才能的人自然就会不辞路途遥远来投奔您了。

燕昭王恍然大悟，欣喜不已，对郭隗更加敬佩。大受启发的燕昭王回去以后便命人建造了一座金碧辉煌的房子，其繁华程度可堪比宫殿。待房子建好了以后，燕昭王又择了一个良辰吉日亲自前往郭隗住处，隆重地将其接来，对其毕恭毕敬，堪比孝敬自己的父母。

在优待郭隗之外，燕昭王为笼络人才，还专门建立了一座高台储备黄金，以作为招揽人才的费用，此处便是“黄金台”。

燕昭王优待老臣郭隗、高筑黄金台的消息不胫而走，一时间，天下才学之士纷纷赶往燕国，可谓人才荟萃，其中也不乏杰出者。在此，我们不得不提邹衍与乐毅二人。

邹衍，齐国人，五行创始人，他根据阴阳五行所提出的“五德终始说”以及“大九州说”影响深远。邹衍在这一时期名气已经颇大，各国君主对其不敢懈怠，而燕昭王尤甚。据说邹衍来到燕国，燕昭王亲自拿着扫把扫地为其清洁道路，入座之时也坐在邹衍的下座，更为邹衍特意建造了一座宫殿专供讲学。

说到乐毅，但凡有些历史常识的人，必然是知道的。他是赵国人，才学出众，主攻军事，来到燕国以后，招募士卒，训练军队，为燕国培育了一支强大的燕军。

招贤纳士只是燕昭王登基后的第一步棋，之后他还进行了各项改革，积聚燕国实力，并积极与周边各国建立融洽的关系，向攻打齐国、报仇雪恨的目标一步一步迈进。

我最怜君中宵舞

【名词解释】

中宵舞：引用了“闻鸡起舞”的典故。东晋时期，祖逖和刘琨是志同道合的朋友，都有共同报效国家的远大抱负。为了报效国家，他们在半夜听到鸡鸣时，便会起床练习剑术，以此激励自己不断努力，最终成为文武双全的全才。后遂以“中宵舞”等喻志士奋发之情。

闻鸡起舞的祖逖

公元 4 世纪初，匈奴人占领中原，西晋灭亡，北方许多人逃难到南方。晋宗室司马睿在建康（今江苏南京）建立了东晋王朝。当时南迁的百姓希望朝廷能北伐匈奴，北方的汉族人民也盼望朝廷能出兵解救他们，但晋元帝满足于偏安江南，一心巩固现有统治，不想出师讨伐匈奴。有一些满怀激情的爱国者不甘心忍受国家残破的局面，立志要驱逐敌人，收复失地。祖逖就是其中的一个。

祖逖生活在西晋后期和东晋初年，是一个识大体、有谋略、胸怀大志的爱国者。年轻的时候他和刘琨一起担任司州主簿，两人意气相投，结成莫逆之交。他们常常谈论国家大事到半夜，两人互相勉励，都想为国家干一番事业。

一天夜里，他们睡得正香的时候，一阵鸡鸣声把祖逖从睡梦中唤醒了。祖逖往窗外看看，天边挂着残月，天还没亮呢。可他不想再睡了，于是把刘琨叫醒，说:“听，鸡叫了，它在催我们起床练功呢！”

于是两人起床，取下挂在壁上的宝剑，到院子里练起剑来。从此以后，他们每天一听到鸡鸣便起床练功、研究兵法，终于都成了有名的将军。这就是“闻鸡起舞”的来源典故。后来晋怀帝任命刘琨为并州刺史。匈奴人刘聪攻破洛阳后，西晋的兵力大部分被打散了，只有刘琨还在并州一带坚持战斗。

那时，祖逖也和别人一样，带着家眷、部下离开北方，迁往江南。逃难路上，祖逖把自己的车马让给老弱病残乘坐，自己步行，药物、衣服、粮食等也拿出来给大家使用。

到了江南，刚建立政权的晋元帝委任祖逖做军咨祭酒。祖逖听说刘琨在北方坚持跟匈奴作战，很是激动。他也想北上抗敌，可是他一无人马，二无武器，怎么组织军队呢？于是他对元帝说："现在北方人民都不满胡人的统治，只要陛下下令出兵，北方人民一定会响应！"

晋元帝低头不语。祖逖拍拍胸脯说："如果陛下也有这种想法，我愿领兵出征，洗雪国耻！"

晋元帝虽没有北伐的决心，但也不能拒绝祖逖这番义正词严的要求。他委任祖逖为奋威将军兼豫州刺史，拨给他 1000 人的给养和 3000 匹布，至于人和武器，叫他自己想办法。

祖逖并不气馁，他回去招募了一百多人，训练了一些日子，就渡江北上了。船到江心，祖逖回头望望江南，再望望江北，心潮起伏。他拿过船夫手里的船桨，高高举起，拍打着船舷向众人发誓说："我祖逖要是不能收复中原，就像这江水一样有去无回！"跟随他的壮士为他的豪言壮语所感动，纷纷喊道："将军有这样的志气，我们还怕什么？"

渡江后，祖逖在淮阴一面铸造兵器，一面募兵，募集了一支 2000 多人的队伍，就朝北出发了。

江北的人民十分欢迎祖逖的军队，为他们送粮送信，还配合打击敌人。祖逖的将士斗志昂扬，一连打了好几个胜仗。几年之内，就基本上收复了黄河以南的领土。朝廷为了嘉奖祖逖，升他为镇西将军。

祖逖在艰苦的战斗环境中，和将士们同甘共苦，他生活俭朴，常常用省下的钱帮助部下。他还奖励耕作，安抚归附自己的官兵和百姓，信任他们、关心他们，做好争取人心的工作。

当地百姓都真诚地拥护祖逖。他们编了歌谣歌颂祖逖，这些歌谣到处传唱。一些老人说："我们已经老了，能见到祖逖这样的好官，死也不遗憾了！"

祖逖的节节胜利引起了东晋朝廷的猜忌，昏庸的元帝怕祖逖的势力太大了不好控制，竟派人去监视他，妄图夺他的兵权。祖逖与匈奴军队苦战八年，不仅没有得到后方的支持，朝廷还不信任他；又听说好友刘琨被东晋权臣王敦派人害死，感到恢复中原是没有指望了。他心中既忧虑又气愤，最终于公元 321 年病逝。祖逖虽然壮志未酬，但他那中流击楫的英雄气概一直为后人传颂。

水调歌头·舟次扬州和杨济翁、周显先韵①

落日塞尘起，胡骑猎清秋②。汉家组练十万，列舰耸层楼③。谁道投鞭飞渡，忆昔鸣髇血污，风雨佛狸愁④。季子正年少，匹马黑貂裘⑤。

今老矣，搔白首，过扬州⑥。倦游欲去江上，手种橘千头⑦。二客东南名胜，万卷诗书事业，尝试与君谋⑧。莫射南山虎，直觅富民侯⑨。

【背景】

这是稼轩词中的名篇。淳熙五年（1178）夏秋之际，任大理寺少卿不足半年的辛弃疾，出为湖北转运副使。沿水路赴湖北任职途中，经过镇江，友人杨济翁（炎正）、周显先作《水调歌头》，船至镇江北岸扬州停泊，辛弃疾步其原韵，作此词。周显先原唱不传，杨炎正原唱《水调歌头·登多景楼》云："寒眼乱空阔，客意不胜秋。强呼斗酒，发兴特上最高楼。舒卷江山图画，应答龙鱼悲啸，不暇顾诗愁。风露巧欺客，分冷入衣裘。忽醒然，成感慨，望神州。可怜报国无路，空白一分头。都把平生意气，只做如今憔悴，岁晚若为谋。此意仗江月，分付与沙鸥。”杨词借登镇江北固山多景楼，眺望中原，宣泄报国无路的苦闷，有意仿效稼轩词风，不无峻爽，唯抒情太过直露。辛弃疾和韵，从扬州着眼，上片是“追昔”。作者回顾了十七年前战争场景，南宋军队在此严阵以待，奋起反击，击溃了不可一世的金兵，画面生动，形象鲜活，穿插历史掌故，笔势雄浑，情感激荡。“季子”二句，以苏秦自比，为自己参与、见证了这难忘的战斗而倍感自豪。下片中“今老矣”转回到现实，与上片中“正年少”形成强烈的对比，自屈辱的“隆兴和议”（1164）签订以来，主和派重新抬头，主战派请缨无路，词人重过扬州，年近四十，眼看年华老去，久沉下僚，倦于仕宦，不由萌生归隐念头。结尾两句借劝勉友人，针对主和派得势现实，反语相讥，满含愤懑，沉郁有力。清陈廷焯《词则·放歌集》眉批论曰：“稼轩《水调歌头》诸阕，直是飞行绝迹。一种怨愤慷慨郁结于中，虽未能痕迹消融，却无碍其为浑雅，后人未易摹仿。”

【注释】

①舟次：船停泊。杨济翁：杨炎正（1145—1216），字济翁，吉水（今江西吉水）人，诗人杨万里族弟。52岁始登进士第，曾任大理司直，出知藤州、琼州。工词，著有《西樵语业》。与辛弃疾交谊甚厚，多有酬唱。周显先：辛弃疾友人，亦能诗词。生平不详。

辛弃疾诗集中有《和周显先韵》七绝二首。

②“落日”二句：回顾金兵秋季大举南侵往事。绍兴三十一年（1161）九月，金主完颜亮以“巡猎”为名，率举国之兵南侵，占领扬州，后被南宋虞允文率领的军队在采石矶击溃，完颜亮率部至扬州瓜洲渡寻求突破，虞允文率万余军队赴京口坐镇，逼令下属作战，导致金兵内变，完颜亮被部将杀死在扬州瓜洲之龟山寺。

③“汉家”二句：描写南宋十万雄师及高大战舰在长江一带严阵以待，有一种必胜的信心和气势。汉家：借指南宋。组练：指精锐部队。列舰耸层楼：高大战舰楼船陈列江面。

④“谁道”三句：写完颜亮虽飞扬跋扈一时，终不免兵败身亡。句中隐含三个典故。投鞭飞渡：据《晋书·苻坚载记》记载，前秦苻坚率领九十余万大军南侵东晋，曾不可一世地说：“以吾之众，投鞭于江，足断其流。”结果淝水之战苻坚大败。这里以苻坚比完颜亮。鸣髇（xiao 消）血污：鸣髇，即鸣镝，一种射出去带响的箭，多用于发号令。据《史记·匈奴列传》记载，匈奴单于头曼爱其少子，太子冒顿欲弑父夺位，遂作鸣镝，号令左右：“随其鸣镝所射而射，不射者斩。”后来一次头曼出猎，冒顿率先以鸣镝射头曼，左右随之而射，头曼遂死于箭下。这里比喻完颜亮被部下射杀。风雨佛狸愁：“佛狸”是北魏武帝拓跋焘的小名。他曾率兵入侵南朝刘宋，攻至扬州等地，因刘宋军队列舰严阵以待，被迫北撤，后死于宦

官之手。这里也是以拓跋焘比喻完颜亮。

⑤“季子”二句：以苏秦自比，叙述自己年轻时意气风发，值金兵南侵之际，在山东举兵起义，匹马黑裘，驰骋疆场，后奉表南归。季子：苏秦，字季子，战国时代纵横家代表人物。据《战国策·赵策》记载，苏秦年轻时，赵国李兑曾送他明月之珠、和氏之璧、黑貂之裘、黄金百镒，资助苏秦西入于秦，游说秦惠文王。苏秦显赫时，曾佩六国相印。

⑥“今老矣”三句：写这首词时，词人重过扬州，距年轻时率义军南归已有十六年，而壮志难酬，故有叹老之句。搔白首：以手搔白发。这里形容失落的样子。参见杜甫《梦李白》二首之二：“出门搔白首，若负平生志。”

⑦“倦游”二句：困倦于宦游，欲退隐江上，种橘千株，作为生计来源。橘千头：据《襄阳耆旧传》记载，三国时李衡为丹阳太守，曾派人去武陵龙阳泛洲建住宅，种橘千株。临终时告诉孩子说：“我家里有‘木奴千头’，每年足够使用了。”后柑橘长成，每年得绢数千匹，家道富足。

⑧“二客”三句：杨济翁、周显先两位东南名士，饱读诗书，欲成就一番事业，词人愿为他们出谋划策。名胜：此指名士。《资治通鉴》卷一一二《晋纪》胡三省注：“江东人士，其名位通显于时者，率谓之佳胜、名胜。”万卷诗书事业：参见杜甫《奉赠韦左丞丈二十二韵》中“读书破万卷，下笔如有神。……致君尧舜上，

再使风俗淳。”

⑨“莫射”二句：不要学飞将军李广射虎征战，应该学车千秋以奉赠片言封侯。射南山虎：据《史记·李将军列传》记载，汉代名将李广居蓝田南山中，曾射猎。又载，李广居右北平时射虎，虎腾扑伤李广，李广终射杀虎。富民侯：据《汉书·西域传》记载，汉武帝晚年后悔长年远征西域，因此不复出征，封丞相车千秋为富民侯，表示休养生息、恩赐富民。又据《汉书·车千秋传》，车千秋初为高寝郎小官，因上书为死去的太子申冤，得到武帝赏识，越九级提拔为大鸿胪，不久拜丞相，封富民侯。

汉家组练十万，列舰耸层楼。

完颜亮南侵

完颜亮（1122—1161），字元功，本名迪古乃，会宁府（在今黑龙江哈尔滨市阿城区白城村一带）人。金朝第四位皇帝，其野心勃勃，于公元1161年9月大举进攻南宋，发兵60余万，号称百万。

完颜亮亲率主力部队渡淮，接连攻占庐州、和州、真州、扬州，宋军闻风溃逃。不久，金军进至长江岸边。南宋朝廷未料完颜亮兵锋迅猛，惊慌失措。宋高宗赵构又想“解散百官，浮海避狄”。杭州城内官民，也早逃亡一空。南防涣散，难以阻敌。完颜亮临江筑台，置黄旗、红旗于岸上，用以号令进止，并下令：“先济者与黄金一两”，准备立即渡江。

此时，中书舍人虞允文刚被委任为督视江淮军马府的参谋军事，派往采石矶犒师。原来负责督军的主帅李显忠还未赶到，虞允文并非武将，完全可以随大流南逃，但虞允文执意要抵抗，进至采石矶，遇到残军18000余人，士气低落，零散坐于路旁，皆作逃遁之计。虞允文立即亲自督师，鼓励士气，把散落沿江各处无所统辖的军队迅速集合起来，沿江布阵。不久后金军进抵采石矶，采石之战爆发。交战时，因为宋军掩匿山后，金军开始以为采石矶无兵，等乘船快到了长江南岸时，才看见宋军早已列阵相待，当地人民观战助威者十数里不绝。但已不能后退，只得前进。宋水军多踏车海鳅船，大而灵活，而金水军船只底平面积小，极不稳便，宋船乘势冲击，金兵大败。次日，虞允文又派水军主动进攻长江北岸的金军渡口。金军船只出港，宋军用强弩劲射，又使用船载霹雳炮（一种用火药弹丸的投石机）轰击，金军大败。

完颜亮见渡江失败，只得退回和州，接着进军扬州。绍兴三十一年（1161）十一月下旬，在瓜洲渡（今江苏省扬州市古运河下游与长江交汇处）会集水军，准备渡江。完颜亮一度命令金军 3 天内全部渡江，否则处死，这就促使其内部矛盾激化，导致最终完颜亮被部下所杀。绍兴三十一年（1161）十二月初，东路金军退走，宋军乘机收复两淮地区。最终，采石矶之战以宋军的胜利告终。

谁道投鞭飞渡

【名词解释】

投鞭飞渡：用投鞭断流事。前秦苻坚举兵南侵东晋，号称 90 万大军，他曾自夸说："以吾之众旅，投鞭于江，足断其流。"（《晋书·苻坚载记》）结果淝水一战，大败而归。

风声鹤唳

苻坚字永固，又名文玉，其祖父苻洪是氐族的酋长，也是前秦基业的开创者。其父苻雄是苻洪少子，辅佐苻坚的伯父苻健继承帝位，以功劳任前秦丞相、车骑大将军，领雍州刺史，被封为东海王。

苻坚从小聪明好学，祖父苻洪特地为他请了一位教师。13 岁时被伯父苻健授予龙骧将军之号，父亲战死后，苻坚袭父亲爵位为东海王。

苻健死后，他的儿子苻生即位。苻生没有治国之才，只知杀戮大臣和酗酒，朝廷里怨声载道。不到两年，前秦已走到崩溃边缘。朝中不少大臣劝苻坚推翻苻生的残暴统治，苻坚也有此心，于是招来心腹侍中、尚书吕婆楼密谋，吕婆楼向苻坚推荐了汉族寒士王猛。

王猛（325—375），出身贫寒，但勤于学习，博览群书，满怀报国之志。当时的士族子弟都看不起他，使他空怀大志无以施展。苻坚接受吕婆楼的建议，会见了王猛，两人一见如故，苻坚高兴地说："我遇见你，就像是刘玄德遇见诸葛孔明！"于是王猛开始了在前秦的政治生涯。

前秦寿光二年（357）六月的一个深夜，从宫中传来的讯息震惊了苻坚。消息说天亮以后皇帝要杀掉苻坚和他的庶兄、后将军苻法，一时间乌云密布。苻坚和苻法当机立断，由苻法率领百余名壮士秘密潜入皇宫，苻坚率300余名军士大张旗鼓地冲向皇宫。宫中的守卫不愿替暴君苻生卖命，纷纷倒戈。就这样苻坚兄弟顺利攻入皇宫，处死了苻生，苻坚以嫡嗣即位。

是非功过

苻坚政权的稳定和王猛是分不开的。最初，许多氐族贵族经常仗势欺人，还有一些有军功的氐族将领居功自傲。王猛严格执法，猛烈打击这些豪强，有效地抑制了氐族豪强的势力，巩固了中央政权，为前秦走向繁荣打下了基础。

在打击豪强的同时，苻坚还重视选拔人才，广置学校，亲自主持太学生考试，吸收大批人才。从建元元年（365）到建元四年（368），苻坚基本平定了外患内乱。自建元五年（369）起，前秦的历史进入了一个新的阶段。前秦在苻坚和重臣王猛的治理下，政权日趋稳定，实力不断增强；另外，前秦周围的一系列少数民族政权相继衰落，为前秦统一北方提供了条件，苻坚也抓住时机，打响了一场大规模的统一北方的战争。

前秦统一最大的敌人是前燕。建元六年（370）六月，苻坚派王猛率步骑 6 万大举进攻前燕，前燕派慕容评率大军 40 多万抵御王猛，在潞川（今山西潞城北）与前秦进行了一场关系生死存亡的战斗。王猛派人从小路迂回到慕容评军营后方，放火烧了前燕军的粮草，动摇了前燕军心。之后，两军又在潞源（今山西潞城北浊漳河一带）开始了一场决战。从人数上来看，前秦处于绝对的劣势，但王猛派出骁勇的邓羌杀向敌军，他如入无人之境，前燕军士兵本无斗志，看到前秦军队如此勇猛，纷纷逃跑。于是前燕大军兵败如山倒，王猛乘胜追击，前燕将领慕容评单骑逃回燕国都城邺城（今河北临漳县西南）。

3 天后，前秦军包围邺城，此时苻坚率十万大军赶来支援，前燕将领夜里打开城门，前秦大军顺利攻入邺城，抓获了前燕的君主慕容𬀩，前燕灭亡。在消灭前燕这个最大的对手后，又相继消灭了仇池、前凉、代国等政权，接着攻取东晋的梁、益二州，统一中国北方，前秦步入了鼎盛时代。

可是在鼎盛的背后，特别是重臣王猛在建元十一年（375）病逝后，危机开始暴露。多年的战争之后本应休养生息，以保证国家持续发展。可是此时的苻坚却日益骄傲起来，再加上没有了王猛的劝谏，在建元十四年（378）又挑起了秦晋之间的战争。前秦军队在东晋谢玄新军（后称“北府兵”）的打击下，没有占到便宜。苻坚不吸取教训，反而酝酿一场更大的战争，也就是著名的“淝水之战”。

淝水之战

淝水之战是中国古代史上著名的以弱胜强的战役。这场战役发生在东晋太元八年（前秦建元十九年，公元 383 年），地点位于现今安徽省淮南市寿县的东南方的淝水（又称肥水）之上、八公山之下。东晋以 8 万兵力大胜前秦的 80 多万大军，从而进一步稳固了东晋在江南的统治地位。

前秦在统一北方后，前秦君主苻坚亲自率领大军南下，试图一举消灭东晋，统一中国。东晋宰相谢安沉着指挥，派遣谢石、谢玄等率 8 万北府兵抗击。在洛涧之战中，晋军夜渡洛涧，大破前秦军前哨，斩杀梁成等前秦将领 10 名，歼敌 15000 多人。东晋军队以劣势兵力首战告捷，士气大振。之后，面对前秦军的强大攻势，谢玄根据前秦军上下离心、各族士兵厌战的情况，以及苻坚恃众轻敌又急于决战的心理，遣使者要求前秦军队略向后撤，以便东晋军队渡河决战。苻坚则想待东晋军队半渡时用骑兵冲杀以取胜，于是下令前秦军队稍向后退。然而前秦军队一退而不可复止，加上在襄阳被俘的晋将朱序趁机大喊前秦兵败了，导致前秦军队大乱，前秦士兵纷纷逃命。晋军乘机抢渡淝水猛烈进攻，大败前秦军。溃兵逃跑时闻风声鹤唳，看到草木，都以为是追兵，因而昼夜奔跑，饥寒交迫，死者十之七八。淝水之战胜利后，东晋趁此北伐，把边界线推进到了淮河，并且此后数十年间东晋再无外族侵略。同时此战还留下了“风声鹤唳”“草木皆兵”“投鞭断流”等成语。

此战以后，苻坚只率千余骑兵负伤逃回长安。没有了强大的军队，前秦境内的少数民族将领纷纷割据自立，北方再次陷入分裂，苻坚再度出征剿灭，但苻坚已是强弩之末。太安元年（385）八月，苻坚被羌族姚苌抓获，后被缢死于新平佛寺。他死前横目怒骂，顽强不屈，真可谓一代枭雄！苻坚死后，前秦王朝也走上了灭亡之路。

忆昔鸣髇血污

【名词解释】

鸣髇血污： 鸣髇即鸣镝，是一种响箭，射时发声。血污：指死于非命。《史记·匈奴传》谓匈奴头曼单于之太子冒顿作鸣镝，令左右曰："鸣镝所射而不悉射者斩之。"后从其父头曼猎，以鸣镝射头曼，其左右亦随鸣镝而射头曼。头曼死后，冒顿自立为单于。

冒顿风云

匈奴是中国北方的一个游牧民族，逐水草而居，以放羊牧马、狩猎为生。春秋战国之际，匈奴与汉人打打杀杀，互有胜败。秦始皇统一六国后，命蒙恬领军驱杀，驰骋七百里外，匈奴闻风丧胆，从此不敢南下牧马弯弓。秦失其鹿，天下逐之，趁着中原大战，楚汉相争之际，匈奴也趁此机会发展势力，扩充领地。

当时匈奴的单于是头曼，冒顿是头曼的儿子，匈奴的太子，但是头曼单于喜欢自己的小儿子，就想废黜冒顿，于是派他去月氏国当人质。冒顿到月氏当人质后，头曼立即派兵进攻月氏，想借月氏之手杀了冒顿。冒顿在月氏遭遇危机时，凭借智慧和勇气保住了生命，并偷了一匹良马逃回了匈奴。由于这次的经历，头曼看到了冒顿的勇猛，就让他统领一万骑兵。冒顿制作了一种叫作鸣镝的响箭，命令将士，自己以鸣镝所射的目标，大家都要全力射击，否则就斩首。先以鸟兽做试验，不射击目标的人都被杀了。不久，又以自己的良马做试验，不射击的人都被杀了。过些日子，冒顿用响箭射杀了自己心爱的妻子，众人畏惧，不射击的人又都被处死。一段时间之后，冒顿用响箭射单于的良马，大家都跟着放箭，这样冒顿知道他左右的人都可以用了。冒顿跟随头曼单于打猎，用响箭射单于，左右都跟着射箭，头曼单于被射死。冒顿把他的后母、弟弟及不听从的大臣都杀了，随后自立为单于。此时正值楚汉战争，中原地区苦于战乱，冒顿因此得以强大起来。

汉朝建立以后，冒顿单于率兵南下，虎视中原。为巩固帝国的北部边疆，汉高祖刘邦亲自领兵迎敌。

北方天寒地冻，为速战速决，汉高祖刘邦不等汉军步兵赶到，就亲自挑选精锐骑兵精锐率先出击，想打匈奴一个措手不及。

冒顿单于将计就计，利用刘邦急于取胜的心理，假装战败，把汉军引到了白登山（今山西大同东北马铺山）下的埋伏圈。

刘邦的先锋部队进入包围圈后，冒顿单于再调集主力部队 40

余万匈奴骑兵将其团团围住，使其成为孤军，无法与后方援军。

刘邦发现中计后，经过几次激烈的突围都没能冲出去，在白登山坚守了七天七夜，全军将士饥寒交迫，眼看就要被困死在那里。

随军出征的谋士陈平得知冒顿单于非常爱妻子阏氏后心生一计，刘邦听后立即派人偷偷给阏氏献上一份厚礼。阏氏收下礼物后，找了个机会对冒顿单于说："以我们现在的实力，即使杀了刘邦也得不到汉朝的土地，何况他的后面还有几十万大军，如果两军交战，对我们十分不利。我还听说刘邦有神灵庇佑，楚汉相争时，即便处于险境中也能获胜，如今双方一直相持不下，损失都很大，不如先放了他吧。"

在此之前，汉军叛将王黄等人拥立战国时赵国后代赵利为王，并准备与匈奴合谋攻汉。冒顿单于与王黄和赵利约定了会师日期，但对方并没有按时前来，冒顿单于怀疑二人同刘邦互有勾结，如果到时二人里应外合，匈奴军损失将会非常惨重。

考虑再三后，他听从了阏氏的建议，下令将包围圈撤出一角。趁着天降浓雾，汉军这才慢慢地撤离了白登山。

经此一役，刘邦认识到冒顿单于的强劲实力，便问刘敬："白登之围让我自知实力不如匈奴，你认为怎样才能避免两国之间的战争？"

刘敬提出"和亲"的建议，刘邦遂派他去向匈奴提亲，并与匈奴订立停战盟约。冒顿单于同意了，此外，汉朝每年还赠送匈奴大量的棉絮、丝绸、粮食、酒等礼物。双方各自以长城为界，换得了北方边境的暂时安定。

季子正年少

【名词解释】

季子：苏秦，字季子，战国时的策士，以合纵策游说诸侯，佩六国相印。

苏秦合纵

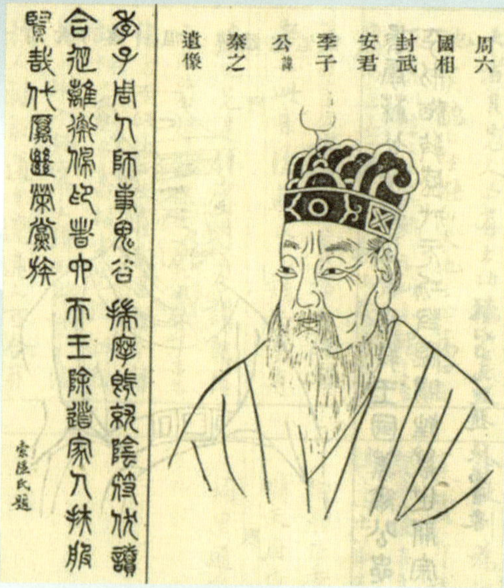

我们都知道“纵”和“横”的意思，横是与地面平行的直线，纵是与地面垂直的直线。我们在这里讲的“合纵”和“连横”，是指发生在战国中后期的政治活动，国与国之间的一种斗争策略。秦在西方，六国土地南北相连，游说六国诸侯，让六国联合起来西向抗秦，故称“合纵”。因为秦国在商鞅变法后势力不断强大，成为东方六国的共同威胁，所以“合纵”就是六国合力抵抗强秦的策略。与“合纵”政策针锋相对的是“连横”，“连横”则是六国分别与秦国联盟，以求苟安的政策。秦国的“连横”活动，目的是破坏六国间的“合纵”，以便孤立各国，各个击破。

苏秦（？—前284），字季子，洛阳人，师承鬼谷子，学习了纵横家的学问。苏秦学成后，回到洛阳求见周显王，然而大臣们得知苏秦的平民出身后，对苏秦的才能十分怀疑，就不肯轻易推荐他。苏秦足足等了一年有余，也没能得到周显王的赏识与任用。万般无奈之下，苏秦选择只身周游列国，寻找能够让他一展抱负的地方。正在这时候，秦国秦孝公去世，新君秦惠文王即位，于是苏秦马不停蹄地赶往秦国。到达秦国后，苏秦对秦惠文王说：“秦国四面险要，群山绿水环绕，这是上天恩赐的有利地形。加上大王如此贤明，秦国将士勇猛，一定可以在这时候顺利吞并诸侯、一统中原。”

然而，当时的秦惠文王刚刚即位，因与商鞅有旧仇而处死了商鞅，心里一直对前来秦国游说的宾客没有好感，于是拒绝了苏秦的主张。苏秦心知在秦国无法施展才能，只得回到老家。

刺股苦读

苏秦回到老家后，家人见他穷困潦倒、狼狈不堪地回来，都对他非常嫌弃。他的妻子正坐在织布机前织布，甚至连头都没有抬。他向做饭的嫂子要吃的，嫂子也不给他，连他的父母都不愿意搭理他。

大家讥笑他说：“周国人的习俗是治理产业，努力从事工商，追求盈利。而你丢掉老本行去干耍嘴皮子的事，不该落得这样穷困潦倒吗？”苏秦听了，惭愧、悲伤不已，感叹道：“读书人从师受教，埋首苦读，又不能凭此获得荣华富贵，有什么用呢？”于是下定决心更加刻苦读书，让所有人刮目相看。

他拿出自己的所有藏书，都读了一遍，又找到一本《太公阴符》，认真研读。苏秦天天泡在书房里，读书十分刻苦，有时候连夜看书，看到眼皮都粘到一起，怎么都睁不开。苏秦深感身体不争气，于是就拿起锥子，在自己的大腿上狠狠刺了一下，血都流了出来，顺着大腿一直流到了脚跟。这一下果然又有了精神，眼皮也能睁开了，他没有理会身体的疼痛，又聚精会神地埋头苦读。苏秦就这样刺股苦读，熟读兵书，并揣摩出了一套合纵连横之术。

他甚至记熟了各个诸侯国的地形、政治和军事等方面的具体情况，研究了每个诸侯的心理与性情，在漫漫苦读中领悟到了许多道理，也渐渐开始明白如何揣摩君主的心思。

这下，苏秦有了底气，他想，凭他现在的才学，游说各国君主都不成问题了。后来，苏秦从他的弟弟那儿得到一笔资助，便信心满满地前往各个诸侯国进行游说。

游说六国

首先，苏秦渡过易水，来到燕国，在燕国停留了一年后，有人把苏秦引荐给燕文侯。苏秦慷慨激昂，讲述了自己有关强国富民、对抗强秦的主张。燕文侯听后大为震撼，决定支持苏秦的“合纵”策略。

当时，秦国已成为战国七雄之首，对其他诸侯国虎视眈眈。所谓“合纵”，就是其他六国诸侯实行纵向联合，共同对抗强大的秦国。燕文侯资助苏秦各种物资，让他前去劝说赵国国君。很快，苏秦就说服了赵肃侯同意“合纵”。赵肃侯又给了他财力、物力上的大量资助，让他前去游说其他诸侯加盟“合纵”。

随后，苏秦到了韩国，游说韩宣王。苏秦分析了韩国各方面的利弊，又讨论了秦国对韩国的威胁。韩宣王听完，脸色大变，决心不再侍奉秦国，于是答应了“合纵”。

其后，苏秦又分别去往魏国、齐国和楚国，说服了三国国君，让他们都同意了“合纵”的主张，决心团结起来共同抗击秦国。

就这样，苏秦逐个游说六国后，六国达成了“合纵”的联盟。公元前 333 年，楚、齐、魏三个已经称王的诸侯国和赵、燕、韩三个尚未称王的诸侯国决心联盟，于是一概称王，互相之间结为兄弟国家，签订了“合纵盟约”。

于是，六国商议后决定封苏秦为六国合纵的“合纵长”，并给他挂上了六国相印。

在苏秦的努力之下，六国合纵，苏秦把“合纵盟约”送交到了秦国，让秦王知道这一消息，从此秦王不敢轻易攻打其他诸侯国。正是因为这“合纵盟约”，为战国时期带来了持续了 15 年之久的和平时期。

莫射南山虎

【名词解释】

南山虎：引用的是李广射石虎的典故。讲述了李广在射猎时，误将石头当作老虎，一箭射去，箭镞深入石中的事。

巧对匈奴

李广，陇西成纪（今甘肃秦安县）人。他的先祖李信曾为秦将，捕获燕太子丹。李广原来居住在槐里，之后迁徙至成纪。李家世代习练箭术。汉文帝十四年（前 166），匈奴进犯萧关（今宁夏固原南），李广参军反击，以精湛的骑射斩杀很多敌人，因此被任命为中郎。李广常常冲杀陷阵，也常猎杀猛兽，汉文帝称赞他说：“你要是在高祖的时代，早就被封万户侯了！”

有一次，匈奴大举侵犯上郡，皇帝派遣了一名宦官随李广出征。这名宦官带着几十名骑兵外出，却被三个匈奴人全部杀光。李广带领一百名骑兵追击那三个匈奴人，追出几十里，最终，三个人中，两个被射死，一个被活捉。李广将他捆绑上马，远方有几千名匈奴骑兵，他们认为李广是诱敌的骑兵，很吃惊，摆好阵势准备开战。

李广手下的骑兵很惊慌，计划飞马逃跑。李广不以为然，面不改色地说道："现在我们距离大部队很远，如果扭头就跑肯定会被杀死，但是如果我们按兵不动，他们肯定会生疑心，这样反而可能会活下来。"说完，继续慢慢地向前推进。

等到他们来到距离匈奴士兵还有二里地的时候，李广下令全体下马、原地休息，于是士兵们坐在一起说说笑笑，而马儿在周围吃草。匈奴军队看到了这个情况很是奇怪，不知道他们具体的情况是什么，纷纷在那里交头接耳。为了探清他们的底细，匈奴派了一名士兵来挑战，结果被李广一箭射死了，然后李广很轻松地坐了下来，这一个举动让几千名匈奴士兵不敢轻举妄动。

等天色逐渐黑了下来，匈奴士兵虽然一直保持着进攻的态势，但是始终不敢真正进攻。到了半夜慢慢地看不见了，匈奴士兵原以为李广会趁天黑偷袭，他们就慢慢地退走了。李广看见匈奴的士兵退走了，就带领自己的部下快速地撤退，与大部队安全会合。从这件事情可以看出，李广作战顽强，心理素质好，危急时刻如果不是他保持冷静的头脑，善于揣摩敌方的心理，估计随行的一百名部下都活不下来了。

李广射虎

李广射虎的故事最初在《史记》中记载，原文是：“广出猎，见草中石，以为虎而射之，中石没镞，视之石也。因复更射之，终不能复入石矣。广所居郡闻有虎，尝自射之。及居右北平射虎，虎腾伤广，广亦竟射杀之。”

李广曾经担任右北平郡太守。当时这一带常有老虎出没，危害百姓。出于为民除害的目的，李广经常带兵出猎。一日，李广狩猎回来，路过虎头石村，已是夜幕降临时分，月色朦胧。这里怪石林立，荆棘丛生，蒿草随风摇曳，唰唰作响。行走间，突然发现草丛中有一黑影，形如虎，似动非动。这时，李广让士兵闪过，拉弓搭箭，只听“嗖”的一声，正中猎物，于是策马上前察看，当正要搜取猎物时，李广定睛一看，大吃一惊，原来所射并非一虎，而是一块虎形巨石。再仔细一看，镞已入石。这时众随从也围拢过来观看，均赞叹不已。当时李广也不自信，又回到原处上马重射，比之前更加用力，可是连射数箭，都没入石。事后，当地百姓闻听此事对李广更加敬慕。匈奴也闻风丧胆，多年不敢入侵。

直觅富民侯

【名词解释】

富民侯：引用《汉书·食货志》中的典故，与汉武帝末年的政策有关。当时，汉武帝后悔频繁地征战，决定封丞相为富民侯，以表明朝廷的政策转向休养生息、恩养富民。这个典故反映了朝廷偃武修文的态度，表明当时不再重视军事，而是转向和平与富民的政策。

汉武帝朝最后的丞相——田千秋

田千秋，生卒年不详，《汉书》中称他为“车千秋”。他的祖上是战国时期的齐国王族，之后田氏一脉徙居长陵。

尽管祖上身份极为显赫，但到了田千秋这一代早就荣光不再。征和三年（前 90）之前，他都一直是高寝郎，在皇陵守护先帝陵寝，是个很普通的职位。

征和二年（前 89），丞相公孙贺之子公孙敬声被人告发用巫蛊咒汉武帝，公孙贺父子下狱死，卫青之子长平侯卫伉皆坐诛。汉武帝宠臣江充奉命查巫蛊案，用酷刑和栽赃迫使人认罪，大臣百姓惊恐之下胡乱指认他人犯罪，数万人因此而死。江充构陷太子刘据暗中施咒行诅，刘据百口莫辩起兵自卫，情急之下，刘据发兵诛杀江充，又与丞相刘屈氂的大军交战，最终自尽，皇后卫子夫也在椒房殿自缢，汉朝宫廷风云再起。

由于太子之事，汉武帝大怒，此时的朝中大臣也没人敢站出来为太子申冤，大臣们担心一语不慎便招来杀身之祸。在刘据自杀之前，壶关三老令孤茂就上书为其辩护："太子作为陛下的儿子，盗用父亲的军队，不过是为了救难，使自己免遭别人的陷害罢了，臣认为太子并非有什么险恶的用心。"汉武帝看后，深有感触，但是却没有表态，既没有惩罚令孤茂，也没有停止对刘据的追杀。

不久，刘据行踪泄露，被迫上吊自杀。之后田千秋上奏说太子虽然指挥皇帝的军队有错，但惩罚就够了，太子被诬陷，被追杀那也是过失杀人，罪不至死。事后田千秋还说这封奏折是梦里的一位白翁教的，汉武帝认为田千秋是先祖派来帮自己的，便下令召见了田千秋，见田千秋身长八尺有余，容貌伟岸奕丽，汉武帝对他更是欣赏不已，立即下令提拔他做大鸿胪。随后江充被处死，那些对太子兵刃相加的人被满门抄斩，汉武帝最后还修了一座思子宫，建了一座归来望思之台来祭奠刘据。

不久后丞相刘屈氂被汉武帝罢免，田千秋升任丞相，封为富民侯。田千秋任上，辅佐汉武帝施行仁政，一度改变了汉武帝一朝穷兵黩武的施政理念，让大汉王朝得以迅速转变方向，回到正轨。

纵观历朝历代，能像田千秋一样，仅凭一纸上书，就从微不足道的高寝郎，一跃成为宰相，实在鲜有。

汉武帝在驾崩前，命田千秋与其他几位托孤大臣一起来辅佐汉昭帝，刘弗陵继位之后，军政大权则由大司马霍光执掌，田千秋始终保持着谨慎谦虚的态度，凡事都以霍光的意见为准，霍光对他也算是相当客气，田千秋的富贵也得以保全。田千秋年老后，皇帝也善待他，允许他在朝见时坐着小车进入宫殿，所以他也被称为车丞相，连名字都被人称作“车千秋”了。

永遇乐·京口北固亭怀古[①]

千古江山，英雄无觅，孙仲谋处[②]。舞榭歌台，风流总被，雨打风吹去[③]。斜阳草树，寻常巷陌，人道寄奴曾住[④]。想当年，金戈铁马，气吞万里如虎[⑤]。

元嘉草草，封狼居胥，赢得仓皇北顾[⑥]。四十三年，望中犹记，烽火扬州路[⑦]。可堪回首，佛狸祠下，一片神鸦社鼓[⑧]。凭谁问：廉颇老矣，尚能饭否[⑨]？

【背景】

此词是辛弃疾晚年最用心的作品，亦可谓稼轩词集中的压卷之作。此词作于宋宁宗开禧元年（1205）镇江知府任上。据岳珂《程史》记载，稼轩此词完成后，特置酒召数客，使歌妓迭歌，更由自己击节，唱毕又遍请诸客指点，时岳珂在座，评其“新作微觉用事多耳”，稼轩大喜，自称切中其痼疾，乃反复修改词语，一日改易数十番，一月犹未改定，其刻意用心如此。岳珂“用事多”之讥，不无缘由。用典使事，本是稼轩词特点，亦难免有用典过多为事所累之弊。但此词用典使事，处处与眼前景致、现实处境相契合，在许多意思不便直白道出时，确实须借古事映带来说。用典虽密，而不枝不蔓，通篇脉络分明，井井有条，用典恰恰是此词成功之处。正如明代卓人月、徐士俊《古今词统》所评："典故一经其手，自不患多。"又如清人陈廷焯在《白雨斋词话》中所说："此词拉杂使事，而以浩气行之，如狻之怒，如龙之飞，不嫌其堆垛。"该词写登临京口北固亭怀古，上片先从京口发迹的历史英雄说起，虽然孙权的风流余韵无迹可寻，但其坐镇东南，抗击强敌的勇气令人钦敬；更何况有"气吞万里如虎"的宋武帝刘裕的遗迹可寻，遥想当年刘裕两度北伐，先灭南燕，再取后秦，攻无不克，战无不胜，直令人回肠荡气。下片仍围绕登临所见所感，由刘裕引出其子刘义隆，由北伐英雄引出北伐失败者的"仓皇北顾"，进而由历史往事引出现实时事，由历史感慨引出现实隐忧，由现实处境引出个人无奈。无限悲壮苍凉，尽寓其中。当时执政的韩侂胄正欲借北伐以图大功，草率从事，仓促无备，后来果然如词中所预示的那样，大败而归。末两句以老年廉颇自比，慨叹朝中并非真能任用自己，亦是不幸而言中，不久辛弃疾便遭人弹劾而被罢免。经历几番起落，冷静观世，词人晚年的警醒和预见力，于此词中，亦可见一斑。全篇慷慨任气，磊落使才，抚时感事，思接千载，精神郁勃，浩气贯注，是其词艺语境的一大高峰。明代杨慎《词品》评此篇为"稼轩词中第一"，清代田同之《西圃词说》亦说稼轩词以此篇为最，绝非虚誉。

【注释】

①京口：古称，即今江苏镇江市，因临京岘山、长江口而得名。北固亭：晋蔡谟筑楼于北固山上，称北固亭，原址位于今江苏镇江，北临长江，又称北顾亭。

②“千古”三句：千古江山依旧，但三国时代的英雄孙权已杳无踪迹，无处寻觅了。觅：寻找。孙仲谋：孙权，字仲谋。

③“舞榭”三句：昔日的歌舞楼台，英雄的流风余韵，都被历史的风雨洗刷一空。舞榭歌台：供歌舞用的楼台。榭：建在高台上的房屋。

④“斜阳”三句：夕阳草木掩映下的普通街巷，据说是当年刘裕曾经住过的地方。寻常巷陌：普通的街巷。参见周邦彦《西河·大石金陵》：“燕子不知何世，入寻常巷陌人家，相对如说兴亡，斜阳里。”寄奴：刘裕，字德舆，小名寄奴，南朝宋开国皇帝，即宋武帝。其祖先随晋室南渡，世居京口。刘裕在京口起兵，平定桓玄的叛乱。

⑤“想当年”二句：遥想当年，刘裕率领雄壮之师，两度北伐，威如猛虎，所向披靡，有气吞万里之势。义熙五年（409），刘裕兴兵北伐鲜卑慕容氏南燕政权，次年攻破南燕都城广固（今山东益都），收复青、兖两州，擒获慕容超，将其斩首于建康。义熙十二年（416），刘裕率大军北伐后秦，次年攻克洛阳，收复长安，后

秦主姚泓出降。金戈铁马：形容威武雄壮的军旅兵马。参见五代后唐李袭吉《谕梁祖书》："毒手尊拳，交相于暮夜；金戈铁马，蹂践于明时。"气吞万里：参见张元干《兰溪舟中寄苏粹中》中诗："气吞万里境中事，心老经年江上行。"

⑥"元嘉"三句：宋文帝刘义隆（刘裕之子）草率从事，急于建功，仓促北伐，只落得大败而归，惶恐北望。元嘉：南朝宋文帝刘义隆的年号。元嘉七年（430），刘义隆命征南大将军檀道济率军北伐，右将军到彦之败于滑台（今河南滑县），檀道济前往救援，后因粮尽，引军逃回。元嘉二十七年（450），刘义隆命宁朔将军王玄谟大举征伐北魏，围攻滑台不克。不久，北魏太武帝拓跋焘带大军救滑台，王玄谟军大败。封狼居胥：原指汉大将霍去病击败匈奴，登狼居胥山，筑坛祭天以告成功。后用以指建立显赫武功。《宋书·王玄谟传》："玄谟每陈北侵之策，上谓殷景仁曰：'闻玄谟陈说，使人有封狼居胥意。'"封：筑坛祭天。狼居胥：古山名，在今蒙古国境内。赢得：这里是落得的意思。仓皇北顾：据《宋书·索虏传》记载，元嘉八年（431），刘义隆因滑台陷落，乃作诗"……惆怅惧迁逝，北顾涕交流"。又据《南史·宋文帝纪》记载，宋文帝刘义隆北伐失败后，北魏太武帝拓跋焘乘胜追至长江边，声称欲渡江；刘义隆登楼北望，后悔不已。仓皇：匆忙而慌张。

⑦"四十三"三句：词人眺望对岸扬州，仍记得43年前率起义军南渡归宋的情形。四十三年：辛弃疾于绍兴三十二年

（1162）自山东率起义军南归，至开禧元年（1205）出守京口作此词，前后43年。烽火扬州路：自绍兴三十一年（1161）金主完颜亮大举南侵以来，扬州一带烽烟不断，战火纷飞。

⑧“可堪”三句：往事怎堪回首，更令人感慨的是，北魏太武帝拓跋焘遗迹佛狸祠里，依然回响着祭祀的鼓声。可堪：相当于“哪堪”“怎堪”，意即怎禁受得住。佛狸祠：古祠名。在长江北岸今江苏六合东南瓜埠山上。拓跋焘于元嘉二十七年（1222）击败王玄谟军队，大举南侵，驻营瓜步山，在山上建行宫，后为佛狸祠。拓跋焘小名佛狸，当时流传有“虏马饮江水，佛狸卯年死”的童谣，祠因此得名。神鸦：祠庙里啄食祭品的乌鸦。社鼓：祭神时的打鼓声。

⑧“凭谁”三句：以老年廉颇自比，慨叹无人关心重视自己。廉颇：战国时赵国大将，因遭人陷害，出奔魏国。后来赵王想重新起用廉颇，廉颇亦想再为赵国出力。赵王派使者探看廉颇尚可用否。廉颇的仇人郭开贿赂使者，让使者诋毁廉颇。使者去看廉颇，廉颇一顿饭吃了一斗米、十斤肉，披甲上马，以示可用。使者回来，报告赵王说：“廉将军虽老，还很能吃饭，但与我坐了一会儿，就去拉了三次屎。”赵王以为廉颇老了，便不再召他回来。事见《史记·廉颇蔺相如列传》。

千古江山，英雄无觅，孙仲谋处。

【名词解释】

孙仲谋： 孙权，字仲谋，三国时期吴国的开国皇帝。吴郡富春县（今浙江富阳区）人。长沙太守孙坚次子，幼年跟随兄长吴侯孙策平定江东，公元200年孙策早逝，孙权继位为江东之主。

孙权与赤壁之战

官渡之战后，曹操消灭了袁绍的主力，统一了北方。他发展生产，增强军事力量，打算进军南方，消灭荆州的刘表和江东的孙权，统一天下。曹操训练了一批水军，筹集了军粮，于建安十三年（208），亲自率领20万大军南下。

曹军还没开到荆州，就传来刘表病死的消息，继位的次子刘琮吓破了胆，投降了曹操。投靠刘表驻在樊城的刘备匆匆向江陵撤退，这一带的百姓都拥护刘备，都要跟他走。刘备带着数十万军民每天只能走十几里路，速度缓慢。曹操探听到江陵有大批粮食和武器，便统率5000骑兵日夜兼程追赶刘备，在长坂坡追上了刘备。

疲惫不堪的刘备军队全无招架之力，十几万军民被打得七零八落，刘备和诸葛亮抄小路逃走，张飞压阵。只见张飞倒竖双眉、圆睁虎眼，手拿蛇矛在马上大吼道："我是张翼德，谁敢与我决一死战？"曹军竟无一人敢与他交战，纷纷向后退去，刘备他们才得以脱身。

曹操占领了江陵和荆州江北四郡，收编了荆州军七八万人马以及车船等军用物资。

刘备等人渡过汉水，逃到长江南岸。军师诸葛亮建议刘备联合孙权共同抗曹，刘备就派诸葛亮出使江东。

此时，孙权对曹操的南下很紧张，对形势也是抱观望态度。曹操便向他下了战书，书中说："我奉皇帝之命讨伐罪人，刘琮已投降，现调动水陆八十万大军，来与将军较量一番。"

孙权召集文武大臣商量对策。许多大臣看了战书后脸色都变了，朝中出现主和及主战两派。主和派张昭说："曹操用天子名义来征讨，我们已是理亏。他又得了荆州，水陆并用，我们的长江天险已靠不住了，哪里是他的对手？快些投降吧！"

众多大臣纷纷附和张昭，只有谋士鲁肃等几个人坚决主战，孙权犹豫不决。

正在这紧要关头，诸葛亮到了东吴。他见孙权年轻气盛，心想：“对此人要用激将法！”便对孙权说：“现今曹操已取荆州，马上将进攻东吴。将军若认为可以对抗他，就趁早和曹操断绝关系，和我们一起对付他，否则不如早些投降，以免大祸临头！”孙权反问道：“那刘将军怎么不投降呢？”

诸葛亮严肃地说：“人各有志。刘备是皇室后裔，才能盖世，怎能卑躬屈膝地投降呢！”

孙权激动地说：“我孙权也是名将之后啊，又怎会投降？怎会把江东土地和10万人马白白送人？但是刘将军刚打了败仗，还有多少人马？”

诸葛亮说：“你放心吧，还有2万水军。”他还向孙权分析了形势：“曹军兵马虽多，但远道而来，一日一夜行军300多里，已很疲乏；北方士兵水土不服，不善水战；荆州兵被迫归附，尚未心服。只要孙刘联手，必可败曹。”

孙权被诸葛亮说得有些心动了，便去找大将周瑜商量。

周瑜坚决反对投降，他说：“江东地方数千里，兵精粮足，应当横行天下，哪能向曹操称臣？曹军充其量只有20万，给我几万精兵，我保证打败他们！”

孙权听了精神一振。他抽出佩刀，砍下案桌一角说：“谁要再提投降曹操，就和这桌子一样！”

孙权任命周瑜为都督，给他3万水军，会合刘备协同作战。孙刘联军进驻长江南岸的赤壁，与曹军交战。

刚一交战，曹军就败，被迫退回北岸，双方隔江对峙，一场大战即将开始。

那时正是11月底，北风呼啸，天寒地冻。果然，曹军中很多士兵因水土不服，陆陆续续生起病来；没病的士兵因不习惯风浪颠簸，许多人晕船呕吐，躺倒了动弹不得。曹操见此状非常焦急。有人献计把战船用铁索连在一起，铺上木板，造成“连环船”，果然平稳多了，人在船上如走平地，士兵们不再晕船了。

周瑜手下有位老将叫黄盖，隔岸看到这情况就说：“连环船虽然平稳，但最怕火攻！”

这触动了周瑜：“火攻！确实是个好办法。但是我们离得这么远，怎么放火呢？要有人挨近他们去放火才行，但这很危险。”

黄盖说：“我愿意去！哪怕粉身碎骨，我也要设法烧掉他们的船！”

于是他们商定了一个诈降的计策。

黄盖派人送信给曹操，说他因跟周瑜意见不合，一直受排挤，今日又挨了一顿打，心中气愤，想投降曹操，并献上粮草以示效忠。

曹操原是个多疑的人，不易上当。但此次他认为自己占绝对优势，有十足把握取胜；他也知道孙权处境困难，大部分将领主张投降，主战的仅少数几个，发生内讧极有可能，便信以为真，还同送信人约定了受降的日期和暗号。

黄盖诈降的那天，天气回暖，还刮起了东南风。黄盖准备了十艘大船，船舱里装满了浇足了油的枯枝，外面用布幔裹好；船上插着约定的旗号，又准备了一批走舸拴在大船船尾，以供大船起火后转移之用。

黄盖带领着这十艘大船，拖着小艇，像箭一样向江北疾驶而去。

船到江心，黄盖命令各船扬起帆来，士兵们齐齐举火，高声呼喊："黄盖来投降了！"

曹兵听说东吴大将来投降，纷纷走出船舱，挤到船头来看。曹操得意地说："黄盖一到，我的大功就要告成了！"

正当曹军拍手叫好之时，黄盖的船队已驶近。只见黄盖把手一挥，十艘大船同时起火，像十条火龙一样，飞快地向曹军冲来，而船上的士兵却迅速跳上小艇退走。

曹操大叫："不好，他是诈降！"但已来不及了。曹军的船都燃烧起来。这时东南风越刮越大，火借风势，风助火威，相连的船只很快就烧成一片火海。只见烈焰腾空，火光把沿江的石壁都映红了。曹军大乱，争着逃命，烧死的、淹死的不计其数。烈火又蔓延到岸上的营寨，营中惨叫声、马嘶声响成一片，曹军完全溃败。

周瑜和刘备率领精兵渡江追赶而来，曹操带着残兵败将匆忙绕路从华容道向江陵逃去，走不多远又遇到风雨，道路泥泞，无法前进。曹操命令老弱步兵用干草铺路，好让他带着骑兵通过。

铺草的士兵又被人马踩死不少。

赤壁之战中曹军损失了一大半，元气大伤，曹操不得不暂时收起统一天下的雄心。刘备在荆州站稳了脚跟，孙权也稳定了江东的统治，三分天下的局面逐渐形成。

赤壁之战确立了三足鼎立的局面，使曹操失去了短期内统一天下的可能，也使刘备和孙权得以发展壮大自己的势力。它是中国历史上以少胜多、以弱胜强的著名战役之一，展现了孙刘联军的智勇和曹操水军的弱点。它是中国历史上第一次在长江流域进行的大规模水战，也标志着中国军事政治中心不再局限于黄河流域。

斜阳草树，寻常巷陌，人道寄奴曾住。想当年，金戈铁马，气吞万里如虎。

【名词解释】

寄奴：南朝宋武帝刘裕小名。刘裕，字德舆，小名寄奴，汉族，先祖是彭城（今江苏徐州）人，后来迁居到京口（今江苏镇江），他是南北朝时期宋朝的建立者，史称宋武帝。中国历史上杰出的政治家、军事家。

刘裕北伐

义熙十三年（417），刘裕打算率军从黄河逆流而上攻打后秦，事先派人向北魏请求借路而过。但北魏明元帝担心刘裕以借道为名北上攻魏，所以派了10万大军屯驻黄河北岸，监视晋军的一举一动。

刘裕借路失败，仍按原计划行军。黄河北岸的魏军见状，以数千骑兵不断尾随骚扰，迟滞晋军的行动。在南岸拉纤的晋军士兵一旦被激流冲到北岸，就会被魏军杀死，可当刘裕一派军登上北岸追击，魏军就立即退走，等晋军撤回后又卷土重来，晋军不胜其烦。

为了加快进军速度，彻底摆脱魏军的骚扰，刘裕决定予以有力回击。他在仔细勘察地形后选定一处两面环水、便于防御的绝佳地点，然后派丁旿率700人及100乘战车抢渡北岸，在距离河岸100余步的地方迅速布下弧形防御阵型，形似一弯新月，故称“却月阵”。

魏军见对方只有寥寥几百人，不知其意图何在，所以顿生迟疑。刘裕立即抓住一纵即逝的战机，命朱超石率2000士兵携带百副大弩上岸接应丁旿，每辆战车顿时增加了20名守卫，车辕上也架设了坚固的盾牌，保护战车不受敌军骑兵的冲锋破坏。

魏军这才回过神，3万骑兵一齐对晋军展开围攻。朱超石命令士卒用大弩一阵猛射，对高速冲击的敌军造成重大杀伤。但魏军兵源充足，随着双方距离的缩短，晋军弓弩逐渐失去作用。这时，随军携带的千余根三四尺长的槊借助大锤锤击的力量纷纷发射，一根槊（shuò）能击伤三四名魏军。

从物理学角度看，弧形却月阵迎击面很小，可以将受力点的力大幅度分散，有着良好的抗冲击能力；将弩、槊等武器有机结合起来，可以形成巨大杀伤力；同时，士兵背水一而战也可以起到“置之死地而后生”的作用。这样，魏军越是向前，伤亡也就越大，逐渐抵挡不住而溃退。刘裕立即命令徐骑之率 5000 士卒在水师舰船的运载下加速渡河增援，登岸后，再以为数不多的骑兵发起追击，以期扩大战果。

在整个作战过程中，晋军战略和战术部署周密，利用地形优势弥补步兵的短处，步兵、水军、骑兵各兵种协同作战，使一向耀武扬威、无往不胜的铁骑无隙可乘并最终落败，堪称战术史上的奇迹，充分显示了刘裕卓越的军事才能。

这场战役的失败使北魏明元帝从中吸取教训，听从谋臣崔浩的建议，不再与晋军为敌，于是刘裕沿黄河顺利西进，相继收复洛阳和长安，最终灭了后秦。

经过此次北伐，潼关以东、黄河以南、淮水以北以及汉水上游的大片地区都归属东晋，东晋成为南朝疆域最为辽阔的时期。

刘裕凭借显赫的战功，于义熙十四年（418）被册封为宋公，加九锡之礼。同年，晋安帝逝世。刘裕立司马德文为帝，两年后代晋称帝，改国号为“宋”，年号“永初”，南朝的历史正式开始了。

着力改革促盛世

东晋建立以来，从中央到地方的大权就一直掌握在王、谢、庾、桓四大士族手中，选拔官吏也主要依据门第和声望，许多官吏都无才无德、玩忽职守。刘裕有意重用出身卑微的寒门子弟，如刘穆之、檀道济、王镇恶、赵伦之等。对于地方选拔推荐的人才，专门组织考试进行测评，发现弄虚作假一律严格追查，尽力保证人才选拔的公正性。

鉴于荆州等地常常上演割据一方、起兵作乱的悲剧，刘裕下令裁撤、合并荆州辖区，限制其文武官员的名额，对其他州郡也同样做出限定。为了防止武将拥兵自重，他做出特别规定：日后大臣外出需要防卫或者出兵讨伐，一律由朝廷配给军队，事情完结后，军队必须如数交回朝廷。

刘裕实行的一项重大经济改革是实行“土断”政策。中心内容是重新调整和划定州、郡、县的行政区域，整理居民户籍，不分世代居住还是迁徙侨居，人口一律按实际居住地编入国家正式户籍，以便统一管理。与此同时，全面清查逃亡、隐匿人口，把豪强地主的私属人口全部登记备案。“土断”增加了政府的财政收入和兵力来源，同时使北方南渡的侨民正式成为南方人，加速了南北方人民的交流与融合。

魏晋以来，上至皇室、官府，下到富商、大户无不崇尚奢华。刘裕出身贫寒，深知耕种的艰辛，后来虽贵为帝王，但日常生活比较简朴，在服饰、饮食、娱乐方面都十分节制。他平时穿着十分普通，身上是朴素的衣帽，脚上是普通的木屐，宫殿里用的屏风和灯笼都是土布制成的。为了告诫后世子孙勤俭节约，他还特意在宫殿里悬挂了自己年少时用过的农具、多次缝补的破棉袄。宁州进献了罕见的琥珀枕，刘裕听说琥珀有助于医治刀剑创伤，毫不吝惜地令人将其捣碎分发给广大将士。

永初三年（422），计划当年出征北魏的刘裕患病去世，享年60岁，北伐因此取消。

刘裕所策动的北伐，尤其是北伐后秦之战，是东晋北伐历史上最成功的，也是影响最深远的战役。司马光叙述刘裕北伐成功后匆忙东归，关中复失时，大发感叹："惜乎，百年之寇，千里之土，得之艰难，失之造次，使丰、鄗之都复输寇手。"刘裕的北伐未能统一全国的根本原因还在于刘裕受限于东晋的实力以及北魏对东晋的牵制，因此他不可能坚守长安，更不可能统一北方。换句话讲，不是刘裕不想成就统一的大业，而是当时南北统一的条件还未具备，时机尚不成熟。刘裕北伐后秦的成功，可以算作一支插曲，它在魏晋南北朝到隋唐这一轮民族大迁徙、大融合从而大统一的进程中，把历史的车轮向前推进了一步。

可堪回首，佛狸祠下，一片神鸦社鼓。

【名词解释】

佛狸祠：北魏太武帝拓跋焘小名佛狸。公元 450 年，他曾反击刘宋，两个月的时间里，兵锋南下，五路远征军分道并进，从黄河北岸一路穿插到长江北岸。在长江北岸瓜步山建立行宫，即后来的佛狸祠。

拓跋焘

太武帝拓跋焘，北魏第三位皇帝。

拓跋焘从小就展现出过人的军事天赋，12 岁时远赴河套抗击北方强敌柔然，将边防事务处理得井井有条。每次作战，他决策果断，部署周密，经常采用分兵数路同时开进、轻骑兵长途奔袭、诱敌出城后设伏围歼等灵活战术，因而屡屡获胜。

登基以后，拓跋焘重用汉族大臣崔浩等人才，整顿吏治，严格治军，国力日益增强，为消灭北方割据政权奠定了坚实的基础。

始光三年（426），拓跋焘听说胡夏的立国者赫连勃勃病死，几个儿子为了争夺王位拼得你死我活，于是决定大举征伐，北魏军很快顺利攻克蒲坂和长安。第二年正月，胡夏君主赫连昌命令其弟赫连定率军2万收复长安。拓跋焘一看对方主力出动，计上心来，决定留下所有步兵，亲率轻装骑兵长途奔袭夏国首都统万城。

所有大臣都认为步兵作为攻坚主力，攻击时不可舍弃。太武帝力排众议："倘若我们倾巢出动，敌军必定因为心生畏惧而选择龟缩在城内坚守，那样就会陷入持久攻坚的不利局面。不如以骑兵直抵城下，敌方见步兵和攻城器械并未一同前来，必定骄傲轻敌，我们再想方设法引诱他们出城决战。我方军士距离后方有2000余里，又隔着黄河天险，没有回头路，只能一心向前，这正是'置之死地而后生'的策略啊。"

当2万轻骑抵达统万城（今陕西靖边）下时，不由得对眼前这座坚不可摧的城池另眼相看——该城根据"一统天下，君临万邦"的含义而命名，始建于东晋义熙九年（413），赫连勃勃动用了10万劳力、历时7年才完工，城高约8丈，基厚30步，墙体宽10步。筑城的泥土全部用高温蒸过，质量检测时要求用锋利的铁锥猛力刺进城墙，深度不得超过半寸，如果刺进去超过一寸，负责修筑这段城墙的人就得丧命；要是刺不进去，拿锥测试的兵士也会当场被杀。

拓跋焘并不急于攻城，而是派3000骑兵前去城下挑战，主力则埋伏在外围。无奈赫连昌吸取了上次被引诱出城以致惨败的教训，任凭北魏军如何挑衅谩骂，他都始终坚守不出。后来北魏军假装粮草耗尽支持不下去，以退兵的迹象陆续向北魏地界撤退。赫连昌终于头脑发热，轻率地带3万骑兵出城追击。

拓跋焘等的就是这次机会，但也并没有心急，而是命令负责诱敌的骑兵拖住敌军行进一段时间，使其人困马乏之后，这才让主力一拥而上将夏军团团包围。在此紧要关头，偏偏天公不作美，沙尘暴突然来袭，一时间天昏地暗，北魏军又不幸正面迎着风沙，眼睛都很难睁开。有人打起了退堂鼓，劝拓跋焘鸣金收兵，先躲避一下风沙。

这时崔浩挺身而出，大声斥责说："这是什么话！我们千辛万苦长途跋涉而来，怎么可以因为一点风沙就放弃歼敌制胜的良机呢？现在敌军好不容易脱离城池，与后方断绝，我方正应化不利为有利，利用昏暗的天气绕到对方身后隐蔽出击。机不可失，时不再来啊。"

拓跋焘认为有道理，于是重新部署，全力反攻。他顶着风沙，强忍饥渴，亲手斩杀夏将10余人。后不幸身中箭伤，也依然身先士卒，奋力冲锋。北魏军见到皇帝如此拼命，无不奋勇杀敌。夏军终于撑不住而崩溃，赫连昌只身一人逃亡上邦（今甘肃天水）。

此时，倾巢而出的统万城已是一座空城。北魏军立刻攻入，俘获王公大臣数万人，战马 30 万匹，牛、羊不计其数。统万城之战是一场纯粹以骑兵攻城拔寨的典型战例，也是拓跋焘军事生涯中浓墨重彩的一笔。

拓跋焘一向勤俭治国，当他见到夏国富丽堂皇的皇宫时，忍不住大怒："一个巴掌大的国家，竟敢如此滥用民力！如此奢华！怎能不灭亡！"后来有大臣建议加固京师的城防，拓跋焘不以为然："古人说'在德不在险'，赫连勃勃建造了那么坚固的统万城，最后不还一样被朕攻灭。如今天下还未平定，朕更需要的是上阵打仗的子弟，而不是浪费人力去建造岿然不动的城墙。"

太延二年（436），北魏军攻克北燕国都和龙（今辽宁朝阳），北燕灭亡。3 年后，拓跋焘亲征北凉，兵不血刃地降服其国君沮渠牧犍，北凉灭亡。这样，除柔然、吐谷浑以外，北方又统一归于北魏的统治之下。

太武灭佛

中国历史上发生过"三武一宗"共计四次毁寺灭佛的事件，其中第一次就是北魏太武帝灭佛。

拓跋焘在继位之初是信奉佛教的，他本人还常与僧人谈经论道。但当时北魏实行"全民皆兵"的政策，而佛教势力发展过于迅猛，僧侣数量惊人，沙门历来享有免除租税、徭役的特权，因此挤占了大量战争所需的人力资源。

太延四年（438），为了解决第二年讨伐北凉所需的兵源问题，拓跋焘下诏，要求 50 岁以下的沙门一律还俗服兵役。

当时宰相崔浩信奉寇谦之的天师道，拓跋焘在崔浩影响下于平城东南建立天师道场，兴建静轮天宫，奉祀太平真君，甚至索性将年号也改为“太平真君”，成了十足的道教徒，他对佛教的态度也越来越强硬。

太平真君五年（444），拓跋焘下令禁止私养沙门，若有隐瞒，诛灭全族。

第二年，胡人盖吴在杏城（今陕西黄陵）发动起义，拓跋焘亲自率兵前去镇压。他到达长安时发现了一座私藏兵器的寺院，据此怀疑沙门与盖吴秘密勾结、图谋造反，愤怒之下诛杀全寺僧众。崔浩趁机劝皇帝在全国范围内消灭佛教势力，更加苛刻的政策相继出台：拓跋焘宣布佛教为邪教，下令焚毁一切佛像和佛经，所有和尚、尼姑无论老幼一律坑杀。

幸亏以太子拓跋晃为首的北魏贵族中有不少人信奉佛教，他们暗中保护僧人，使他们得以逃亡。拓跋晃的再三劝阻虽然没被采纳，但也延缓了废佛诏书的颁布，实际执行中当事人也有意拖延时间，使远近的沙门闻讯后有机会逃逸或藏匿。但寺院、塔庙却无法幸免，佛教还是遭到了沉重的打击。

灭佛六年后，拓跋焘驾崩，文成帝即位后又下诏复兴佛教。

佛狸行宫

元嘉二十七年（450），宋文帝刘义隆的北伐一败涂地，拓跋焘乘势调动 60 万大军展开反击，相继攻克悬瓠（今河南汝南）、项城（今河南沈丘），渡过淮河直趋长江北岸的瓜步（今江苏六合），饮马长江。隔江相望的建康极为恐慌，北魏的强势一时间显露无遗。春风得意的拓跋焘曾在瓜步山上修建起一座行宫，大宴将领，论功行赏。这座北魏皇帝的行宫在北魏军撤离后被当地百姓当作供奉神祇的庙宇，取名“佛狸祠”。

大破柔然

柔然在北魏建立之初就是其面临的强大外敌。始光元年（424），拓跋焘即位不久，柔然牟汗纥升盖可汗大檀率 6 万骑兵进犯云中（今内蒙古和林格尔），拓跋焘亲自前往迎战，结果被柔然大军重重包围，但他不慌不忙，沉着冷静，指挥自如，这才稳定了军心。而后北魏军射杀敌军大将於陟斤，柔然被迫撤退。在位 25 年间，拓跋焘先后 13 次率军进攻柔然，终于使其不断北撤，再也不敢南下侵扰。

北魏大破柔然之战，拓跋焘领军长途奔袭，以少胜多，出奇制胜，大破柔然，征服高丽，为稳定北方创造了有利条件。自此，柔然势力削弱。双方虽仍有交战，但以北魏远袭居多，柔然主动进攻较少，并时有和亲之事。

封狼居胥

【名词解释】

封狼居胥：狼居胥山，位于今蒙古乌兰巴托东侧的肯特山。公元前 119 年，霍去病在狼居胥山击败匈奴，然后祭天封山，率军而还。

冠军侯霍去病

霍去病（前 140—前 117）是卫青的姐姐卫少儿的私生子，父亲霍仲孺原为平阳县小吏。后来，霍仲孺回老家娶妻，又生了一个儿子叫霍光，与卫少儿断绝了联系。

卫子夫当上皇后以后，她的两个姐姐也都改嫁官宦之家，短短几年的时间，卫氏家族平步青云。霍去病也因为是皇后的外甥，18 岁就成为侍中，做了汉武帝的侍从。

元朔六年（前 123），匈奴人侵犯代地，汉武帝派大将军卫青率领大队人马去对付匈奴，18岁的霍去病也跟着舅舅踏上了战场。虽然是第一次上战场，但霍去病却表现得异常勇猛。

卫青任其为校尉，带领800位壮士组成一个小分队。这个小分队闯进匈奴大营，杀死一名匈奴首领，还活捉了两名俘虏。经过审问，卫青才知道其中一个是单于的叔叔，另一个是单于的相国，被霍去病杀掉的那人是单于的叔伯爷爷。就这样，霍去病立下大功，被封为冠军侯，赐食邑2500户。

经过河南、漠南几次战役后，匈奴右贤王失去对河西诸王的控制，伊稚斜单于也迁到漠北。

汉武帝便将下一个进攻目标指向河西匈奴大军，欲剪除匈奴右臂，切断其与西域及西羌各部的联系。

元狩二年（前121）春天，汉武帝任命霍去病为骠骑将军，独自率领一万精兵出征匈奴，开始第一次河西之战。年轻无畏的霍去病率军从陇西郡（今甘肃西部）出发，在6天内转战千余里，踏破5个匈奴王国，如洪水般将河西诸小王纷纷击溃。

接着，他又纵横河西，驰骋2000余里，在焉支山南北杀了一个来回，最后在皋兰山与集结起来的匈奴兵相遇。双方交战，直杀得天昏地暗，日月无光。匈奴的折兰王和卢侯王被斩，麾下精锐尽被诛杀，大大小小的匈奴首领被俘。

逼退匈奴，打通西域

元狩二年（前 121）夏天，汉武帝派霍去病率军发动第二次河西之战，并派合骑侯公孙敖随同出征。为了避免匈奴左贤王向河西增援，汉武帝同时派出李广、张骞率领万余骑兵进击左贤王部。

霍去病与公孙敖分领数万骑兵由北地、陇西出塞，向西进击。二人原本计划在塞外会师后一同西进，但公孙敖在途中迷路，未能及时赶去会合，霍去病只好独自率军攻打匈奴。

有了上次对战的经验，霍去病仔细分析了地形，决定采用迂回作战方式。他先率领大军渡过黄河，向北越过贺兰山和一望无际的沙漠，绕道居延海，转而由北向南，沿弱水经小月氏，再由西北转向东南，深入匈奴境内 1000 多公里，在祁连山与合黎山之间的弱水上游地区，于浑邪王、休屠王大军的侧背发起猛攻。

面对有备而来的汉军，毫无防备的匈奴军溃不成军，汉军仅伤亡 3000 多人，杀敌 3 万多人，俘虏匈奴各部族首领、相国、都尉 2600 多人，仅浑邪王和休屠王率领残军逃走，汉军大获全胜！战后论功行赏，汉武帝增封霍去病食邑 5000 户，将有功的部将全部封侯。

经此一战，匈奴不得不退到焉支山北面，西汉王朝完全占据了河西走廊地区，打开了通往西域的道路。流离失所的匈奴人，忍不住唱出心中的哀痛："失我祁连山，使我六畜不蕃息；失我焉支山，令我妇女无颜色。”

处变不乱，成功受降

伊稚斜单于得知浑邪王、休屠王丢失河西绝大部分地区，心中十分震怒，下令要严惩他们。二人得知消息，自觉无处投靠，只好派出使者向西汉投降。当时，他们旗下还有4万多的兵力，对外号称10万。汉武帝担心对方诈降，命令霍去病前去受降。中途，休屠王突然变卦，拒绝投降。浑邪王担心惹怒汉武帝，情急之下杀了休屠王，收服了他的部众。

汉军渡过黄河以后，浑邪王率领所有部下列队相迎。一些部下见汉军盔明甲亮，威风凛凛，担心会被诛杀，遂想趁机逃走。匈奴军中引发一片骚动，眼看局势就要控制不住。

霍去病远远望到匈奴军的情况，立刻单枪匹马奔至匈奴阵中，与浑邪王联手，将拒降者一律斩首，及时稳住了形势。随后，他派出使者护送浑邪王到长安觐见汉武帝，自己则带领匈奴军队向边境一带缓行。

汉武帝将浑邪王封为漯阳侯，其部众被安置在陇西、北地、上郡、朔方、云中等边境。为了切断匈奴人与羌人的联系，西汉政府在河西地区先后设置了武威、酒泉、张掖、敦煌四个郡，从内地迁移大量人口到那里戍边生产。

霍去病用兵方式灵活，注重用谋略取胜，善于创新兵法，运用快速突袭和大迂回、大穿插、歼灭战的战术，多次出击匈奴，解除了匈奴对汉王朝的威胁，为汉武帝时期的军事扩张作出重大贡献。

正当汉武帝一鼓作气欲将匈奴斩草除根之际，霍去病不幸于元狩六年（前117）病逝，年仅24岁。汉武帝心中哀痛万分，赐其谥号景桓侯，还为他建造了一座巍峨的坟墓，其形制大致为祁连山，陪葬于茂陵。

凭谁问：廉颇老矣，尚能饭否？

【名词解释】

廉颇：战国时赵国名将。《史记·廉颇蔺相如列传》记载，廉颇被免职后，跑到魏国，赵王想再用他，派人去看他的身体情况，廉颇的仇家郭开贿赂使者，使者看到廉颇，廉颇为之米饭一斗，肉十斤，被甲上马，以示尚可用。使者回来报告赵王说："廉颇将军虽老，尚善饭，然与臣坐，顷之三遗矢（通假字，即屎）矣。"赵王以为廉颇已老，遂不用。

老将廉颇的心愿

廉颇是战国末期著名的军事将领，在其担任将军期间，攻齐败燕，守卫长平，立下了赫赫战功。他与白起、王翦和李牧共同被列为"战国四大名将"。

长平之战后 7 年，燕国采用栗腹的计策，认为赵国的壮丁都死在长平之战，而他们的遗孤尚未长大，赵国兵力空虚，便发兵攻打赵国。

赵王派廉颇带兵反击，在部城大败燕军，杀了栗腹，接着包围燕国都城。燕国割让 5 座城池，请求讲和，赵国才同意撤军。

赵王把尉文这个地方封给廉颇，并封他为信平君，由他出任代理相国。

廉颇先前在长平被罢免失去权势时，门客都离他而去；如今他被重用，那些门客又找上门了。

廉颇不高兴地说："你们走吧！"

那些门客说："唉！您的见解怎么如此跟不上时代呢？天下人都是根据利害关系在打交道的。您得势，我们跟随；您不得势，我们离去。这本来就是常理，有什么好抱怨的？"

又过了6年，赵国派廉颇攻打魏国，攻占了繁阳。

此时，赵孝成王过世，太子赵悼襄王即位，派乐乘接替廉颇的位置。廉颇一气之下带人攻打乐乘，乐乘败走，廉颇本人也逃往魏国的大梁。第二年，赵国以李牧为大将，进攻燕国，攻下了武遂和方城。

廉颇在大梁住了很长一段时间，都没有得到魏国的信任和重用。

之后，赵国屡次被秦军所困。赵王很想重新起用廉颇，廉颇也一直这么期待着。于是赵王派了一名使者去探望廉颇，想知道他还能不能担任要职。廉颇的仇家郭开用重金贿赂使者，要他在赵王面前说廉颇的坏话。

赵国使者见到了廉颇。用餐时，廉颇故意在使者面前吃掉一斗米饭和10斤肉，接着披上铁甲，跨上马鞍，以显示自己老当益壮。

使者回国禀报赵王，说：“廉将军虽然老了，但饭量还不错。可是他在陪我闲聊的时候，就连续跑了三趟厕所。”

赵王听到这番话，认为廉颇老了，身体状况大不如前，就不再召他回国。

楚国听说廉颇在魏国停留，便暗中派人去接他。

廉颇当上楚国的将军，却始终没有战功。他总是说：“我想指挥的是赵国的子弟兵啊！”

最后廉颇客死他乡，逝于楚国寿春。

附：夏商周至南宋初期的历史故事大脉络

夏商与西周，东周分两段。

春秋与战国，一统秦两汉。

三分魏蜀吴，两晋前后延。

南北朝并立，隋唐五代传。

宋元明清后，王朝至此完。

中国传统史料记载了三个上古王朝：

夏 约公元前 2205 — 前 1766

商 约公元前 1766 — 前 1050

周 约公元前 1050 — 前 256

根据先秦文献记载，黄河流域在史前长期洪水泛滥，导致五谷不登，百姓居无定所。所以治理洪水已经成为当务之急。

禹就是这个时期的代表性人物。禹通过观察山川形势，团结各部落挖掘人工水渠，疏通河道，使洪水分流，汇入大海。

在治水的13年间，禹恪尽职守，不舍昼夜，三过家门而不入，使洪水分流，汇入大海，终于治理好了水患。因治水有功，舜禅位于禹，禹成为名正言顺的华夏大地部落联盟的新首领。

后来，禹的儿子启建立了我国第一个奴隶制国家——夏朝。

夏朝经历了数代君主，约400年，末代君主桀是中国历史上有名的暴君，因其昏庸无道，被成汤所带领的商部落灭掉。

商朝从成汤创业以后，300年间，曾先后迁都5次，但是由于史料缺乏，无法确凿说明其原因，直到一位扭转商王朝命运的人出现，他就是商朝的第十九代君主盘庚。盘庚举全国之力将国都迁至殷（今河南安阳），又称朝歌。

这次长途跋涉的大迁徙使得内忧外患的商王朝摆脱了困境，

实现了较为长久的繁荣。商王朝时期，最显著的成就是文字（甲骨文）的出现和青铜器铸造工艺的改进。

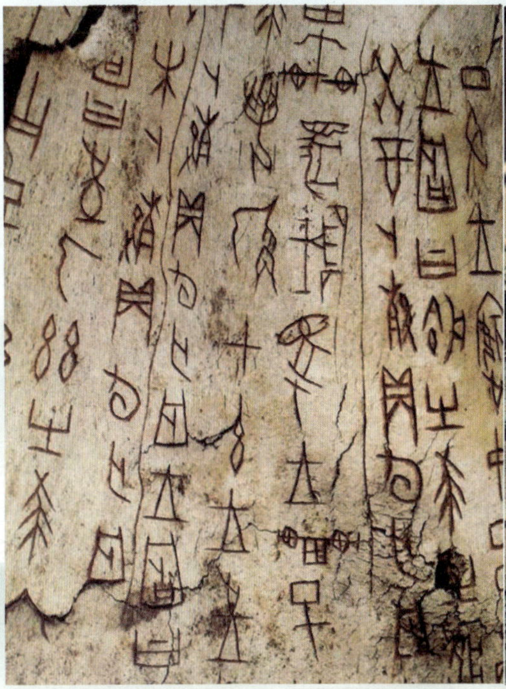

在盘庚迁殷的200多年后，商王朝又出现了一位与夏桀相比有过之而无不及的败家子——纣王。纣王倒行逆施、骄奢淫逸的恶行罄竹难书，这让在渭水河畔苦心经营的周人有了可乘之机。

经过周文王、周武王两代人的秣兵厉马、休养生息，周人的势力已经不容小觑，最终在姜子牙的帮助下，周武王取得了牧野之战的胜利，灭掉了商朝，迫使纣王自焚。

此后，周武王以及历任周天子不断地把兄弟、子侄、姻亲以及有功之臣分封于各地，建立诸侯国。由于当时周王室的都城在镐（今陕西境内），故史称西周。这一时期的周朝内部相对团结，但外部环境却十分复杂，尤其是周边各民族间的各种争斗，仍与西周的兴亡息息相关。

公元前 771 年，渭河谷地西周都城被少数民族犬戎攻陷。

这一历史事件与一个荒诞的故事密不可分。

烽火戏诸侯，一个真人版“狼来了”的故事。

昏庸的周幽王为了取悦宠爱的妃子褒姒，下令点燃烽火。周王朝在骊山设有 20 多座烽火台，众诸侯军见到烽火点燃，以为敌军进犯，纷纷领兵前来，却被告知并无敌情。

褒姒看到诸侯军队整装集结却扑了个空，感到特别滑稽。

把国事当成儿戏，一来二去，诸侯们厌倦了这种戏谑。

当犬戎真的入侵时，他们对烽火台上发出的信号无动于衷。结果国都镐京陷落，周幽王被杀，其侥幸活下来的儿子周平王，在一部分诸侯的帮助下，将都城东迁至洛阳，东周时代由此开始。

东迁后的周平王把西边的沦陷地区交给了一个护驾功臣秦襄公，并许诺如果可以赶走犬戎，便领有其地。秦襄公不辱使命，经过多年的筚路蓝缕、艰苦奋斗，成功完成了周平王交给他的任务，在那里建立了秦国。

东周时期大致分为前后两个阶段，自公元前722年至公元前481年为“春秋时代”，公元前403年至公元前221年为“战国时代”。如此划分，是依据两部历史书。

《春秋》和《战国策》采用编年体的方式记载前一阶段的重要事迹。《春秋》原是鲁国的史书。《战国策》的作者不详，书中内容叙述了秦一统天下之前约182年，各诸侯国之间的军事与外交，以公元前403年为“战国时代”的开端。

在春秋时代扮演了重要角色，雄踞北方且盛极一时的晋国被自己的三个家臣瓜分，并分别建立了韩、赵、魏三个新的诸侯国。（《资治通鉴》也是以这一历史事件开篇的。）

春秋战国时代，周王室影响力衰微，各诸侯国势力迭起，相继称王称霸，轮流坐庄，攻伐不断，纷纷扰扰。在这种大变局下，各式各样的历史人物在这一时期崭露头角，纵横捭阖，璀璨一时，留下了无数脍炙人口的故事。

而作为“战国七雄”之一的秦国，起初的力量是很弱的，然而在与之接壤的劲敌晋国一分为三后，其外部压力相对得到了缓解，再加之秦国地势本来就易守难攻，尤其是商鞅变法后，实力突飞猛进，逐渐一枝独秀，成为各诸侯国口中的“虎狼之国”。

强盛起来的秦国，采用远交近攻的办法，逐步蚕食各诸侯国的领土，终于在公元前 221 年，秦始皇统一了全国。

统一后，励精图治的秦始皇又开展了一系列改革，对外北筑长城抗击匈奴，南征百越，使统治范围扩大到了现在的两广地区，几乎把当时中国人可知的全部范围都纳入其统治之下，对内统一文字、度量衡，推行郡县制，加强中央集权，可谓“千古一帝”。

但在整个重塑中国的过程中，秦王朝用力过猛，高压统治让生活在这片土地上的人，尤其是底层民众，敢怒而不敢言。

终于在秦始皇死后，压抑的怒火变为实际行动，随着一声“王侯将相宁有种乎”的呐喊，陈胜、吴广揭竿而起，爆发了中国历史上第一次农民起义。

随后，项羽、刘邦在这场起义中后来居上，成为秦王朝分崩离析后各种势力的代表。二人斗智斗勇，又进行了长达四年的楚汉相争，最终的结果是，项羽兵败，自刎于乌江，刘邦在这场群雄逐鹿中彻底胜出，建立了汉朝，史称“西汉”。

与周王朝相类似，汉朝也分为两个阶段，“西汉”和“东汉”。“西汉”是刘邦建立，从公元前206年至公元8年，“东汉”由刘秀建立，从公元25年至220年。

两汉对中国的影响深远，时至今日，我国的主要民族仍自称“汉族”，文字也被称为“汉字”。

刘邦所建立的新王朝遇到的第一个大问题是帝国跨地过广，

不能全部由中央集中管理，于是采取了“郡国并行制”，诸侯国与郡县犬牙交错。

刘邦时期，各诸侯国中部分是项羽的降将和刘邦自己的功臣，卧榻之侧，岂容他人酣睡，这些异姓诸侯王已经成为刘邦晚年的心腹大患，而韩信、彭越、英布等人便成为刘邦大开杀戒的对象。

为了填补异姓诸侯王覆灭后所带来的权力真空，刘邦又大量分封了他的同姓叔侄、兄弟为王。

内部局势稳定后，新建立的汉王朝受到的主要威胁则变成了来自北方游牧民族匈奴的侵扰。

几乎在刘邦称帝的同时，北方匈奴也崛起了一位英雄人物冒顿单于，带甲 30 余万。

二者在白登山发生了军事冲突，在这场较量中，刘邦处于下风，便选择了“和亲”示好，双方罢兵。

此后没多久刘邦就病逝了，他的儿子惠帝登基，惠帝懦弱，刘氏天下可以说是名存实亡，刘邦的结发妻子吕雉执掌大权，临朝称制，吕雉杀伐决断，重用吕氏宗亲，打开了西汉外戚干政的潘多拉魔盒，一发而不可收拾。

公元前 180 年，吕后病逝。

压抑许久的刘氏集团在刘邦宿将周勃和陈平的帮助下反戈一击，成功诛杀诸吕，夺回政权。

在众朝臣的商议下，迎立刘邦的第四个儿子代王刘恒为新皇帝，史称汉文帝。

汉文帝继位以后，轻徭薄赋，奉行与民休养生息的政策。

公元前 157 年，汉文帝去世，其子刘启继位，是为汉景帝。

汉景帝在位期间，多次申明以农立国思想，强调重农抑商。

在汉文帝和汉景帝两代，约40年的时间里，大汉王朝政治稳定，农业经济显著发展，迎来了封建社会的第一个盛世“文景之治”。

在此期间，汉景帝曾为了加强中央集权，施行了“削藩”等一系列政策，激起了吴楚等 7 国的反叛，但汉景帝用人得当，任用周勃的儿子周亚夫为帅，3 个月就平定了叛乱。

经过“文景之治”，公元前 141 年，西汉王朝迎来了它的第五位统治者——汉武帝刘彻。

刘彻统治时期前后长达 54 年，在整个汉朝是最长的，也是对后世影响最深远的时期之一。

登基之初，年轻的汉武帝作风果敢，胸怀大志。在政策上，他颁布“推恩令”，继续削弱诸侯国的势力；思想上，他“罢黜百家，独尊儒术”，使儒学成为封建社会的正统思想；军事上，他一改对匈奴的“和亲”政策，派卫青、霍去病等人带兵多次大规模出击匈奴，一度把匈奴逐至漠北地区，收复河套地区，夺回河西走廊，打通西域，派遣张骞出使西域各国，开辟了“丝绸之路”，使汉朝成为当时世界上最强大的国家。

汉武帝之后，西汉再无杰出的君主，外戚干政又死灰复燃。

公元 8 年，汉室为外戚王莽所篡，国号改为“新”。

篡汉的王莽实施了一系列改革，但改革违背民心，激化了社会矛盾。

汉室宗亲刘秀起兵反莽，于公元 25 年重新建立了政权，中兴了汉室，因刘秀定都洛阳，史称“东汉”。

东汉王朝自光武帝刘秀开国，到最后一位皇帝汉献帝刘协，从公元 25 年至 220 年，其间共经历了 195 年，14 位皇帝。从时间上来看，东汉统治的时间并不算短，但是在这 195 年的历史中，有 10 位皇帝几乎都是在幼年继位，因此每一代开始时，总是皇太后代为总揽朝政。这些年轻的皇太后，想要掌握国家机器，便只能依靠自己的身边人，这些人主要是两种人：一是他们的父亲和兄弟，也就是外戚；二是身边的奴才，也就是宦官。

外戚和宦官，二者互相勾结，又彼此争斗，成为东汉政治的毒瘤。

直到另外一股势力的介入，将二者连根拔起，这股打破平衡的势力就是军阀。公元189至公元190年，西北军阀董卓进京，大肆屠杀宦官2000余人，废掉少帝，杀掉当朝太后，另立年幼的汉献帝刘协，由他自己把持朝政。

然而，大权在握的董卓却倒行逆施，残暴异常，激起了很多朝臣的不满。

公元192年，司徒王允与董卓的部将吕布合谋，将其诛杀。

董卓虽死，但东汉王朝也已行将就木，到了它的末日黄昏。

东汉末年，群雄并起，各方势力逐鹿中原，其中涌现出了很多英雄和谋士，你方唱罢我登场，很多故事为人津津乐道、妇孺皆知。（我国文学史上重要的长篇小说《三国演义》就是以此时期为背景，刻画了众多英雄人物的形象。）

在东汉王朝灭亡之后的3个半世纪里，中国一直处于大分裂的局面中，中间只有西晋武帝司马炎统治时期有过短暂的统一。但平定吴国、统一三国的晋武帝很快就沉迷于享乐，凡事都不作长久打算，其后又将皇位传给了不够聪慧的儿子晋惠帝。惠帝无能，西晋爆发了内战，司马皇族的8个诸侯王彼此之间进行武装争斗，同族相争，异族坐收渔翁之利。

在这种背景下，匈奴、羯、鲜卑、氐、羌，五胡大举入侵中原。

少数民族在动乱的情况下出现，增加了局势的复杂性。他们与一些汉人在公元304年至公元439年，先后在中原大地上建立了16个王国，这些王国大多互相争斗，政权交替频繁。

与此同时，司马皇族司马睿在西晋灭亡后，跑到江南组建了“流亡政府”，史称“东晋”。

东晋十六国时期，南方政权主要由东晋一国把持，北方政权更迭应接不暇，直到前秦苻坚横空出世，他重用汉人王猛，先后平定北方各国，成为中国历史上第一个统一北方的非汉族政权。

王猛死后，公元383年，志在必得的苻坚想要南下灭掉东晋，进而统一全国。结果在淝水之战，惨遭失败，被他平定的北方异族趁机纷纷起事。

直到北魏太武帝拓跋焘击败各方势力，重新统一北方，才为这场纷争画上句号。

然而，淝水之战并没有拯救东晋王朝，只是其彻底覆灭前的一次回光返照。打败苻坚后，东晋王朝的统治者们依旧不思进取、志在偏安。

公元420年，东晋军人刘裕发动军事政变，废掉东晋恭帝，自立为帝，是为宋武帝。

自东晋灭亡，南北分据，互有征伐，中国历史正式进入了南北朝对峙阶段。

其中的一场战争就是“元嘉之战”。因宋文帝刘义隆年号“元嘉”，因此得名。

在公元450年战事初期，北魏太武帝拓跋焘率先派10万大军攻宋悬瓠（今河南汝南县），双方在接下来的交战中互有胜负，短时间内，谁也没有绝对的实力碾压对方，南北对峙加剧，但整体形势北强南弱。

刘裕、刘义隆都不善教育子弟，致使宗室之间相互猜忌，骨肉操戈，昏主迭出，终在统治了60年后，于公元479年，被大臣萧道成所灭。

萧道成即位后，定国号为齐，这便是南朝齐第一代天子齐高帝。到其子第二代天子齐武帝为止都太平无事，但第三代天子齐废帝因为品行不端而失去声望，被同族的萧鸾所杀。萧鸾立废帝的弟弟为帝，但又将其杀掉，自己即位，这便是齐明帝。

齐明帝即位之后，将齐废帝一族全部杀尽。继承其后的东昏侯对自己的荒淫行为不加反省，而又害怕廷臣觊觎大位，于是将有名望的重臣一个接一个地杀掉。第10个被杀掉的是萧懿，于是萧懿的弟弟萧衍在长江上游举兵叛乱，围攻首都时城中有人响应，杀死天子向萧衍投降。

萧衍立东昏侯的弟弟为帝，即齐和帝，但不到一年便将其废掉并弑杀，自己在公元502年取了大位。齐王朝走上了与前朝的宋同样的失败道路，天子轻易杀大臣，皇族互相残杀，最后大臣废掉天子并取而代之。

取代齐的萧衍便是梁武帝，虽是军人出身，但很早就因文武双全闻名于世。梁武帝统治的前半期，在血腥的南北朝期间最为和平，据称当时人民都歌颂太平，而梁武帝也创造了在位48年，享年86岁的罕见纪录。

然而到晚年，他因为醉心于佛教，以慈悲的名义放过罪恶，又因年老，魄力不足，屡次错过转变政策的机会，终于招致国废身死的结果。

事件起因是公元547年，东魏大将侯景因与权臣发生矛盾，表示愿意将所据河南十三州之地献给南梁，以归附。梁武帝接受了侯景的投降，并封以河南王、大将军等要职。

结果侯景于548年举兵再次反叛后梁，南攻建康，俘获梁武帝。公元549年，年迈的梁武帝忧愤交加，一病不起，于同年身亡。

建康沦陷后，侯景篡位建汉，继而又屠杀江南世族及萧梁子孙，南梁政权至此土崩瓦解。

公元 552 年，广州刺史陈霸先与湘东王萧绎派遣的王僧辩联合攻下建康，平定侯景之乱。但随后，因平定侯景之乱有功的陈霸先，在公元 557 年又逼迫梁元帝禅位给自己，这便是陈武帝。

南朝，宋、齐、梁、陈四个连续的政权，它们都建都于建康，这便是南朝的历史。

而在齐篡宋 16 年后，北魏孝文帝迁都洛阳，进行改革，展开了鲜卑族大规模的汉化运动，但屯戍北方边境的少数鲜卑人因为位置偏远，地方贫瘠，文化低下，与南迁汉化的鲜卑贵族裂痕日深，矛盾日益尖锐，终在公元 532 年爆发了“六镇兵变”。

北魏地方军阀尔朱荣先是起兵平叛，后举兵杀入中原，把群盗全部剿灭，身居晋阳，遥握朝权。尔朱荣的战功遭到北魏孝庄帝

的嫉恨，遂其被孝庄帝设计杀死。尔朱荣死后，其侄尔朱兆继之握权，更为暴虐。

尔朱氏的部将高欢趁机在山东起兵，将尔朱氏灭掉。高欢也和魏帝不和。高欢出兵，魏帝不敢战，逃到关中，最终被宇文泰所弑杀。之后高欢、宇文泰各立一君，后魏遂分为东魏、西魏。

东魏、西魏建国后，维持的时间并没有多久。公元 550 年，高欢的儿子高洋灭掉东魏，建立北齐。公元 557 年，宇文泰的儿子宇文护废掉西魏皇帝，建立北周。自此之后，中国北方形成了周、齐对立的局面。

公元 560 年，北周宇文邕继位，是为周武帝。宇文邕是一位颇有才能的帝王，他在位期间，厉行改革，清理户口，禁毁佛、道二教，并通过不断兴兵征伐，逐渐吞并北方各少数民族势力，国力不断强大。公元 577 年，北周攻破邺城，北齐自此灭亡，北周统一了北方。

北周武帝宇文邕是一位很有作为的皇帝，只可惜在灭掉北齐后的第二年便病死了。周武帝死后，其子宇文赟继位，是为北周宣帝，宇文赟是一位不恤政事、淫奢残暴的帝王，整日沉湎于酒色。

公元580年，宇文赟染疾而逝，时年22岁。杨坚便凭借国丈身份，假称受遗诏辅政，于公元 581 年代周称帝，改国号为隋，定都长安，北周灭亡。

公元 589 年，隋军兵分八路，大举南下向陈朝进发。两个月后，隋军攻入建康，自此，凭长江天险而雄踞江南 100 多年的南朝彻底终结，分裂了近 300 年的中国大地，重新迎来了统一。

隋文帝杨坚是一位励精图治的开国皇帝，他顺应历史趋势，完成了统一大业，并从政治、经济、军事等方面推行了一系列改革措施，组织完善了三省六部制，同时采取科举取士，选拔人才，开创了一个繁荣安定的社会局面。然而隋朝天下传至他的儿子隋炀帝后，就开始走向衰败。

隋炀帝好大喜功、穷兵黩武，开凿大运河，三征高句丽。连年徭役以及征战，致使民间逃避军役和劳役的人越来越多，流民遍地，各地农民揭竿而起，其中最有影响力的三股势力分别是：窦建德领导的河北起义军，李密、翟让领导的瓦岗起义军以及杜伏威、辅公祏领导的江淮起义军。

眼见天下即将易主，留守太原的李渊，在儿子李世民和谋士刘文静的劝说下乘机起兵，也参与到了争霸天下的混战中。

公元 618 年，隋炀帝被臣子宇文化及勒死，而瓦岗军又因内讧被隋军残将王世充歼灭，李渊趁机篡位，改国号为唐，是为唐高祖，定都长安。大唐历史就此在李渊的手中拉开了恢宏的序幕。李渊先取关中，以此为根据地，接着平定河西、陇右。

刘武周南攻山西，也被唐朝打败了。李密为王世充所败，投降唐朝，后又出关谋叛，为唐朝伏兵所杀。李世民进攻王世充，把他围在洛阳，窦建德发兵来救，李世民在虎牢关迎击，将其生擒，没多久王世充也投降了。

唐高祖能平定天下，多是凭借秦王李世民的力量。他的哥哥太子建成、兄弟齐王元吉忌他，想要谋害他，反而在玄武门之变中被秦王所杀。李渊无奈，只好传位于秦王李世民，是为唐太宗。

唐太宗李世民是著名的贤君，他勤于政事，明于知人，任用房玄龄、杜如晦为宰相，魏征为谏官。在位时，海内太平、百姓安乐，开创了“贞观之治”。

盛唐大致指从太宗贞观初年，中经高宗、武后、中宗、睿宗，直到玄宗天宝末年的一段时间，共有 120 多年，这是唐帝国的极盛时期。

在这个时期内，唐帝国的文治武功，都足以震铄千古。太宗死后，太子李治继位，是为高宗。高宗即位之初，因有太宗时将相大臣的辅佐，政绩媲美于贞观。武后立后，重臣多被排除，而高宗本人又因患风眩不能视事，政事便委托武后参决。

公元 683 年，高宗逝世，太子李显即位，是为中宗。中宗即位后不久，便被武后废为庐陵王，改立豫王李旦为帝，是为睿宗。睿宗对政治并无兴趣，即位后，居于别殿，不问政事，由武后亲自接见百官，一切事务都取决于她。

公元 690 年，武后即帝位，称“神武皇帝”，改国号为周，成为中国历史上前无古人、后无来者的女皇。武曌本人喜爱文史，因而渐把进士科的考试变成完全着重文章选拔。朝中的主要官吏，无不由文章进身，因此造成了举国喜好文墨的风气，一直持续到唐亡。

公元 704 年，武曌患病，数月不临朝，宰相张柬之、崔玄暐等朝臣乘机拥中宗李显复位,退位后的武曌被尊称为“则天大圣皇帝”，迁居上阳宫。唐的国号，至此恢复，朝政由张、崔等人掌握。同年 11 月，这位旷世的女杰去世，享年 82 岁。

武则天死后，重新即位的唐中宗软弱没有主见，他的皇后韦氏频繁干涉朝政，逐渐有了效仿武皇的心思，直到公元 710 年，唐中宗逝世，韦后秘不发丧，自己总揽朝政，眼看着才落回李氏手中的大唐江山岌岌可危，此时相王李旦的儿子，身为临淄王的李隆基联络太平公主，发动兵变将韦后斩杀，重新将相王李旦扶上帝位，李隆基也被立为太子。

乘机而起的李隆基，恢复了自己父亲唐睿宗的帝位后，自己以三子的身份成为皇太子。之后又接受唐睿宗的让位，登基称帝。

开元是唐玄宗李隆基的第二个年号，共29年（713–741），它是太宗贞观以后唐朝第二个盛世。天宝是唐玄宗的第三个年号，上承开元，下接唐肃宗至德，共14年（742–755）。

唐玄宗李隆基在位时期的大唐帝国，前期励精图治，国富民强，后期内部政治日渐紊乱，危机四伏。终至“安史之乱”爆发，几乎招致亡国。

公元755年年底，安禄山串通部将史思明，又联合同罗、契丹、突厥等民族组成15万大军于河北平原发动叛乱。当时全国承平日久，民不知战，河北州县官员逃的逃、降的降，安禄山几乎没有遭遇什么抵抗，就到达了关中。当唐玄宗得知安禄山反叛的消息后异常震怒，立即调兵遣将，增募军队，出兵平定。可是这时已抵挡不住叛军的攻势，安禄山率军一路势如破竹，很快就攻占了长安。唐玄宗被迫携杨贵妃逃往四川。

不过安禄山还没高兴几天，便被儿子安庆绪残忍斩杀。同安禄山一起发动叛乱的部将史思明则趁机掌权，导致叛军各部之间的矛盾瞬间爆发。后来史思明也被自己的儿子史朝义杀死，叛军的势力自此大大削弱。

公元 756 年，唐玄宗三子李亨在灵武城（今宁夏灵武市）南楼登上了皇位，改天宝十五年为至德元年，是为唐肃宗。他遥尊玄宗为上皇天帝，并大赦天下。

唐肃宗继位后，便图谋收复京师长安。

公元 757 年，唐肃宗从河西、陇右、安西、北庭等地陆续调集了十多万军队，又向回纥借到精兵 4000，以其子李豫为天下兵马元帅，以郭子仪为副元帅，趁安史叛军内讧之际，率军一举收复了长安。

公元 762 年，唐肃宗病逝，其子李豫继位，是为唐代宗。代宗继位后任命雍王李适为天下兵马元帅，郭子仪为副元帅，在陕西会合各路人马联合讨伐史朝义。史朝义在唐回联军的紧逼下，走投无路，于林中自缢。

至此，历时八年的安史之乱终于结束，而中国也因安史之乱进入了藩镇割据的时代。

在平定安史之乱的过程中，唐朝廷苦于长期用兵，为了尽快结束战争，对叛军降将进行妥协和退让。只需要他们于名义上服从朝廷，朝廷就任命他们为节度使。这样他们就由原来的安、史部将摇身一变，成了唐朝地方藩镇的将领。有一些节度使乘机扩充实力，在叛乱平定后保持了半独立状态。这样就造成了唐后期藩镇林立、割据一方的局面，史称“藩镇割据”。

藩镇与唐中央之间以及藩镇之间，都存在着矛盾，所以他们经常“喜则连横而叛上，怒则以力相并”，使唐朝中后期的政局极为动荡。

导致唐王朝走向衰落的，除了藩镇割据外，还有宦官专权。

安史之乱后，相继掌权的皇帝皆对统军作战的将领充满猜忌，只信任宦官，遗臭千年的监军制度就在这时出现了。

朝廷特设监军的初衷是为了防止叛乱，但是由于监军宦官权势过重，在远离中央的战区又结党营私，于是到后来监军制度竟发展成为除藩镇割据之外，动摇大唐王朝根基的又一大毒瘤，藩镇割据、宦官专权以及党争等因素导致晚唐后期的政治极为腐败，最终引发了黄巢起义。

虽说黄巢没有亲手摧毁唐朝，但唐朝确实也是在他造反之后彻底崩溃。

公元 907 年，朱温（过去是黄巢手下的将领，后来降唐）逼迫唐哀帝退位，自己称帝，国号梁，定都汴（今河南开封），史称后梁，朱温即梁太祖。至此，统治了 289 年的唐王朝宣告结束，取而代之的是一个新的大分裂时代——五代十国。

梁太祖朱全忠篡唐后，后梁政权是一个以军人为主体的藩镇型的政府，缺乏宏远的建国规模与计划。因此梁帝国始终只能保持一个割据局面，其政权也不稳固，仅十数年便告覆灭。

后梁灭亡以后，继起者又有四朝，即后唐、后晋、后汉、后周，与梁合称为“五代”，共历54年（907—960）。后人把每代名字的前面，加上一个“后”字，以避免与它们以前同名的朝代相混。

后梁以后的四代，其政府形态和政治作风，大体与梁代无异，直到后周末年，才稍有改变。总之，五代可以看作是唐代藩镇的延续，每代的创始者，都是前一代或两代的军人。每代的版图，也都是割据的形式，它们的主要领域，只是黄河下游和渭水下游之地。在它们的领域之外，还有许多其他的割据势力，那就是“十国”。

十国也都是由藩镇演变而成，梁太祖篡唐前后，各地节度使相继独立，建号称王，逐渐形成十国。但十国并不在同一时期兴起，它们是指唐末梁初兴起的吴、前蜀、吴越、楚、闽、南汉、荆南（后唐时改称南平），后唐时兴起的后蜀，后晋时篡吴而成立的南唐，和后周时建立的北汉。它们的灭亡时代，也前后不一，有的在后唐时即已亡国，有的直到宋太宗时才被灭。十国除北汉外，其他九国都在南方。五代与十国，虽大致并立于相同的时代，但五代在史书上被列为禅代的正统。

五代是一个大动乱时代，也是唐宋之间的大分裂时代。每个朝代的历祚，都非常短促，计梁16年（907–922）、唐13年（923–935）、晋11年（936–946）、汉4年（947–950）、周10年（951–960）。其皇室则共历八姓十三君，八姓是后梁朱氏，后唐李氏、王氏，后晋石氏，后汉刘氏，后周郭氏、柴氏，此外后唐明宗姓氏不详。十三君计有梁二，唐四，晋二，汉二，周三。这个纪录，在中国古代史上找不出前例。五代时期，结束于宋的篡周，但当时十国尚未完全灭亡，要待宋建国后20年（979），全国才告统一。因此，如果抛开朝代不言，这场大动乱，实际持续了70余年。

公元959年，后周世宗柴荣去世，其7岁幼子柴宗训即位，是为后周恭帝，赵匡胤成为恭帝的辅政大臣。公元960年，赵匡胤发动陈桥兵变，正式登基为帝，改国号为宋，史称北宋。赵匡胤就是宋太祖。

公元979年，宋太祖赵匡胤的继任者宋太宗赵光义领兵灭掉北汉，进而乘胜进军辽国属地幽州（今北京西城区）。因宋军连续作战疲乏，加之辽国名将耶律休哥带兵援助，致使宋军连攻幽州15日不下，最后只得仓皇逃归。经此一战，辽国与北宋结下了仇怨，辽国扬言一定要还以颜色。

公元997年，赵匡义病逝，其第三子赵恒即位，是为宋真宗。自赵恒即位起，辽国对北宋的入侵就一直没断过。

公元1004年，辽国太后萧绰以及辽圣宗耶律隆绪率20万大军南下，北宋军民顽强抵抗，使辽军只攻下北宋少数城池，宋、辽双方在澶州相持不下，后经多次交涉，两国最终签订和约，结为兄弟之国，史称“澶渊之盟”。

“澶渊之盟”后，宋辽两国确实维持了相当长的和平局面，却也对给宋朝的国防战略带来了极大的消极影响。从此之后，由于宋朝轻视武备建设，过分依赖和谈，长期处于被动挨打的境地。

公元 1022 年，宋真宗赵恒驾崩，其第六子赵祯即位，是为北宋第四位皇帝。宋仁宗在位期间为了改变北宋多年以来的积贫积弱局面，支持范仲淹开展“庆历新政”，但新政因反对势力的阻碍而失败。

宋仁宗是北宋在位时间最长的皇帝，一共在位 42 年。宋朝重视科举，在宋仁宗赵祯统治时期达到鼎盛。宋朝最有名的文人很多都是在宋仁宗赵祯统治期间参加科举进入官场而后才名扬千古的。比如苏轼、苏辙兄弟，以及神宗时期变法的王安石、元祐更化的司马光、文坛巨星欧阳修、曾巩这些“唐宋散文八大家”中 6 人都是宋仁宗赵祯时期的人。像富弼、韩琦这些传世名臣，理学家程颢，思想家张载，科学家沈括都是宋仁宗赵祯通过科举发现并提拔和重用的人才。

等到仁宗去世后，其子英宗即位仅4年就英年早逝。之后，神宗即位。神宗也是个有为之主，登基以后擢用王安石，以图推行新法，改变北宋长期以来积贫、积弱和冗官、冗兵、冗费的问题。

王安石为相，前后共7年。当神宗在位时，始终守其法没有变。公元1085年宋神宗病逝，其年仅9岁的儿子赵煦即位，是为宋哲宗。新皇年幼，以向太后、司马光为首的守旧派掌握了政权，遂将新法全部废除，恢复了祖宗旧制。宋朝自此以后，也陷入了“党争”的泥沼无法自拔，国势日渐衰微。

公元1100—1126年，是宋哲宗之弟宋徽宗赵佶在位的时期，此间的25年，也是北宋奸臣当道、吏治腐败的时期。

公元1125年，崛起于北方的女真金国在灭亡辽国之后，兵分东西两路攻宋，完颜宗翰率金西路军由云中（今山西大同）进攻太原；完颜宗望率金东路军攻燕京。最后，两军于北宋都城汴京会合。

宋徽宗听闻金兵大举南下的消息后惊慌失措，急忙把帝位传给太子赵桓。赵桓无奈，只得哭着登上皇位，是为宋钦宗。

因北宋于靖康年间被金所灭，后世史书上遂将这次耻辱的亡国事件称为“靖康之耻”。

公元1127年，宋钦宗赵桓之弟赵构于南京应天府（今河南商丘）即位，是为宋高宗，改年号为建炎，仍用大宋国号。

为抵抗金兵再次南下，宋高宗赵构采用了所谓“弃淮守江”的战略，即放弃两淮，迁都南方。公元1132年，宋高宗赵构在精心准备后，带领重臣从商丘迁往临安（今浙江杭州），以此为朝廷所在地，开始了偏安江南一隅的历史，史称南宋。

公元1131年，完颜宗弼又由宝鸡渡渭水，攻和尚原（今陕西宝鸡市西南），打算由此入蜀。宋将吴玠、吴璘兄弟大败金兵，保全陕蜀之地。

公元1140年，完颜宗弼再次举兵南进，先要收复划给宋人的河南陕西之地。金兵分道而下，攻陷汴京，占领河南、陕西各州县，所遇抗拒很少，大都望风而降。

直到岳飞大败完颜宗弼于郾城（今河南漯河郾城区），而且进兵到离汴京45里的朱仙镇。不但河南有见收复，河北各地的反金豪杰，也都暗中与岳飞相结，准备配合响应。这种有利的局面，宋人本大有可为，但宋高宗与秦桧积极谋和，先调回前线将领张俊、杨沂中，然后以岳军不可孤军深入令岳飞班师，河南之地又入金人手中。据旧史记载，宋高宗一日内下12道金牌，才将岳飞召回。

宋高宗本人也一意求和，岳飞又是最激烈反对求和的将领，终于在公元1142年12月，岳飞在狱中以“莫须有”的罪名被杀害。

同年的11月，宋金和议成立，双方签订和约。

绍兴和议并没有打消金国的狼子野心。

公元1161年，金国再次大举南侵。宋高宗因金主完颜亮背盟毁约，决心备战。金大军渡淮水，宋军纷纷后退，双方全面开战。金军胜多败少，主力不久便进入长江北岸。宋军在江北只能局部抵

抗，主力已退到长江南岸，局势甚为不利。但宋人的努力奋战也曾挫败过金军。如河北人李宝与山东义勇军联合，大败金水师于陈家岛（今山东胶州市南方海中）；虞允文大败金兵于采石矶（今安徽马鞍山市境内）。

虞允文并非军事将领，他是参赞军事的参谋，当金兵集结了约40万人到长江狭窄的采石矶渡口，宋驻军将领王权已退，军中无主，虞允文奉命犒师至采石。虞允文集结宋军，重新布防，以长江天险与宋军的忠勇，击金军于江中，使金军渡江的部队大败，全军不敢再前进，最终退兵。